ÉRAMOS MAIS UNIDOS AOS DOMINGOS
& outras crônicas de Sérgio Porto

efresco, Latricério, O filho do camelô, Relíquias da casa v
reja, Mudança, Ano-bom, O sabiá do almirante, As saud
belo e bigode, O afogado, O analfabeto e a professora, (
óspede, Medidas, no espaço e no tempo, Éramos mais uni
ue passou, O homem que se parecia com o presidente, U
sa velha, Memórias de um Carnaval, Nesta data querida, (
udades de Teresa, Caixinha de música, O grande mistério
anário-belga História de um nome, Urubus e outros bic
idos aos domingos, O cafezinho do canibal, Castigo, Um
ma carta, Refresco, Latricério, O filho do camelô, Relíqu
pátio da igreja, Mudança, Ano-bom, O sabiá do almirant
arba, cabelo e bigode, O afogado, O analfabeto e a pro
chos, O hóspede, Medidas, no espaço e no tempo, Éram
ma mulher que passou, O homem que se parecia com o
elíquias da casa velha, Memórias de um Carnaval , Nesta
mirante, As saudades de Teresa, Caixinha de música, O g
a professora, Canário-belga, História de um nome, Urub
amos mais unidos aos domingos, O cafezinho do canib
m o presidente, Uma carta, O pátio da igreja, Mudança, A
: música, O grande mistério, Barba, cabelo e bigode, O a
n nome, Urubus e outros bichos, O hóspede, Medidas,
fezinho do canibal, Castigo, Uma mulher que passou, C
atricério, O filho do camelô, Relíquias da casa velha, Me
udança, Ano-bom, O sabiá do almirante, As saudades d
bigode, O afogado, O analfabeto e a professora, Canário
óspede, Medidas, no espaço e no tempo, Éramos mais unid
ulher que passou, O homem que se parecia com o presic
no tempo, Éramos mais unidos aos domingos, O cafezir
homem que se parecia com o presidente, Uma carta, R
emórias de um Carnaval, Nesta data querida, O pátio da
Teresa, Caixinha de música, O grande mistério, Barba, c
lga, História de um nome, Urubus e outros bichos, O l

Éramos mais unidos aos domingos

E OUTRAS CRÔNICAS
DE SÉRGIO PORTO

BOA
COMPANHIA

Copyright do texto © 2015 by Herdeiras de Sérgio Porto

Grafia atualizada segundo o Acordo Ortográfico da Língua Portuguesa de 1990, que entrou em vigor no Brasil em 2009.

As crônicas das pp. 21, 63, 85, 97, 115, 137 foram publicadas no *Febeapá*.

Capa e projeto gráfico Retina 78

Preparação Silvia Massimini

Revisão Adriana Bairrada e Angela das Neves

Dados Internacionais de Catalogação na Publicação (CIP)
(Câmara Brasileira do Livro, SP, Brasil)

Porto, Sérgio, 1923–1968.
    Éramos mais unidos aos domingos e outras crônicas
/ Sérgio Porto. — 1ª ed. — São Paulo : Boa Companhia,
2015.

    ISBN 978-85-65771-11-5

    1. Crônicas brasileiras I. Título.

14-12653   CDD-869.93

Índice para catálogo sistemático:
1. Crônicas : Literatura brasileira 869.93

[2015]
Todos os direitos desta edição reservados à
EDITORA SCHWARCZ S.A.
Rua Bandeira Paulista, 702, cj. 32
04532-002 — São Paulo — SP
Telefone: (11) 3707-3500
Fax: (11) 3707-3501
www.companhiadasletras.com.br
www.blogdacompanhia.com.br

Sumário

APRESENTAÇÃO
7   Riso e delicadeza

9   Refresco
15   Latricério
21   O filho do camelô
27   Relíquias da casa velha
33   Memórias de um Carnaval
39   Nesta data querida
45   O pátio da igreja
51   Mudança
57   Ano-bom
63   O sabiá do Almirante
67   As saudades de Teresa
73   Caixinha de música
79   O grande mistério
85   Barba, cabelo e bigode
91   O afogado
97   O analfabeto e a professora
103   Canário-belga
109   História de um nome
115   Urubus e outros bichos
119   O hóspede

125 Medidas, no espaço e no tempo

131 Éramos mais unidos aos domingos

137 O cafezinho do canibal

141 Castigo

147 Uma mulher que passou

153 O homem que se parecia com o presidente

159 Uma carta

163 Sobre o autor

RISO E DELICADEZA

Sérgio Porto deixou algumas das crônicas mais engraçadas da literatura brasileira. Seu olhar para fotografar com humor no cotidiano, sua habilidade em apresentar a comédia da vida brasileira e seu ouvido para captar as irresistíveis expressões inventadas no dia a dia do Rio de Janeiro dos anos 1950 e 1960 o colocaram no panteão de nosso melhor humor literário.

Esta seleção reúne vinte e sete crônicas com as mais evidentes características de um autor lembrado até hoje por sua prosa inteligente e bem-humorada. E também um lado mais nostálgico e lírico, de um cronista que sabia a hora de fazer rir e a de emocionar seus leitores com agridoces recordações.

Porque Sérgio Porto — que também escrevia sob o pseudônimo de Stanislaw Ponte Preta — foi um dos nomes mais múltiplos da nossa crônica. Ao lado de Fernando Sabino, Paulo Mendes Campos e Rubem Braga, conseguiu converter esse tipo de texto breve, geralmente veiculado na imprensa, no mais brasileiro e delicioso de todos os gêneros literários.

REFRESCO

No exato momento em que eu entrava no botequim para comprar cigarros, ouvi a voz do homem perguntar por trás de mim:

— Tem refresco de cajá?

O outro, por trás do balcão, olhou espantado:

— De caju?

— Não senhor, de cajá mesmo.

Não tinha. Não tinha e ainda ficou danado. Ora essa, por que razão havia de ter refresco de cajá? Ainda se fosse de caju, vá lá. É verdade que refresco de caju também não havia, mas, de qualquer modo, era mais viável ter de caju do que de cajá, fruta difícil, que só de raro em raro se encontra e, assim mesmo, por um preço exorbitante.

E ainda irritado, disse:

— Por que não pergunta na Colombo? Aposto que lá também não vendem refresco de cajá. E o senhor sabe disso, o senhor está pedindo aqui para desmoralizar o estabelecimento.

Não era de briga e nem estava querendo desmoralizar ninguém. De repente — ao entrar ali para tomar café — sentira cheiro de cajá e, como na sua terra havia muito daquela fruta, ficara com vontade de tomar um refresco.

O que servia caiu em si, esqueceu o seu complexo de trabalhar no café fuleiro e não na Colombo. Depois desculpou-se com um sorriso de poucos dentes e perguntou se não queria uma laranjada. Uma laranjada sempre se pode arranjar.

O outro recusou com um abano de cabeça e saiu encabulado, talvez por ter revelado em público um tão puro sentimento íntimo — a saudade de sua terra.

Paguei os cigarros e saí atrás dele. Também eu, depois que assistira à cena, senti cheiro de cajá.

Há dez anos — pensei — eu poderia satisfazer a sua vontade. Era só andar aquele quarteirão, entrar à esquerda e procurar o número 53. Era a nossa casa. Ali nasci eu, nasceram meus irmãos e nasciam cajás todos os anos.

Fui caminhando e, por um momento, admiti que, se naquele tempo houvesse liquidificadores, o refresco seria mais gostoso. Depois sorri desse pensamento inconsequente e senti a injustiça que fazia. Afinal, as mãos sábias de Ana faziam refrescos saborosíssimos.

Instintivamente dobrei à esquerda, atravessei a rua e olhei para o enorme edifício do 53. Por causa daquele monstrengo arquitetônico fora-se a linda árvore, a sua sombra, a casa, a varanda, a sombra da varanda. Nunca mais papai dirá orgulhoso, referindo-se ao quintal:

— Vai quase até a rua Copacabana!

O "quase" era a casa de Wilminha, tão bonita, que tomava banho de janela aberta. Pobre Wilminha que a mãe não deixava usar batom. Não fosse a morte da velha e mais a do noivo aviador e ela não estaria se pintando tanto, como faz agora.

A casa de Wilminha também virou edifício, como a nossa. É verdade que, no 53, não morrera ninguém, graças a Deus. Mas havia uma hipoteca para pagar e urgia liquidá-la, senão perderíamos tudo, inclusive o apartamento do quinto andar, onde mora o americano, e que é tudo que nos sobrou da incorporação.

Recordo os vizinhos de então. Foram-se todos, escondidos pelas sombras dos prédios grandes. A rua, de sua, conserva somente o nome. Perdeu aquele encanto que todas as ruas de bairro devem ter. Sua história, o dia em que a asfaltaram, ou o outro, quando plantaram as árvores.

A saudade foi crescendo. De repente aquela vontade de tomar um refresco de cajá. Virei-me rápido, procurando com os olhos o homem que há pouco eu vira no café.

Ia lá longe, triste, de cabeça baixa.

Manchete, 26/06/1954

LATRICÉRIO
(COM O PERDÃO DA PALAVRA)

Tinha um linguajar difícil, o Latricério. Já de nome era ruinzinho, que Latricério não é lá nomenclatura muito desejada. E era aí que começavam os seus erros.

Foi porteiro lá do prédio durante muito tempo. Era prestativo e bom sujeito, mas sempre com o grave defeito de pensar que sabia e entendia de tudo. Aliás, acabou despedido por isso mesmo. Um dia enguiçou a descarga do vaso sanitário de um apartamento e ele achou que sabia endireitar. O síndico do prédio já ia chamar um bombeiro, quando Latricério apareceu dizendo que deixassem por sua conta. Dizem que o dono do banheiro protestou, na lembrança talvez de outros malfadados consertos feitos pelo serviçal porteiro. Mas o síndico acalmou-o com esta desculpa excelente:

— Deixe ele consertar, afinal são quase xarás e lá se entendem.

Dono da permissão, o nosso amigo — até hoje ninguém sabe explicar por quê — fez um rápido exame no aparelho em pane e desceu aos fundos do edifício, avisando antes que o defeito era "nos cano de orige".

Lá embaixo, começou a mexer na caixa do gás e, às tantas, quase provoca uma tremenda explosão. Passado o susto e a certeza de mais esse desserviço, a paciência do síndico atingiu o seu limite máximo e o porteiro foi despedido.

Latricério arrumou sua trouxa e partiu para nunca mais, deixando tristezas para duas pessoas: para a empregada do 801, que era sua namorada, e para mim, que via nele uma grande personagem.

Lembro-me que, mesmo tendo sido, por diversas vezes, vítima de suas habilidades, lamentei o ocorrido, dando todo o meu apoio ao Latricério e afirmando-lhe que fora precipitação do síndico. Na hora da despedida, passei-lhe às mãos uma estampa do American Bank Note no valor de cinquenta cruzeiros, oferecendo ainda, como prêmio de consolação, uma horrenda gravata, cheia de coqueiros dourados; virgem de uso, pois nela não tocara desde o meu aniversário, dia em que o Bill — o americano do 602 — a trouxera como lembrança da data.

Mas, como ficou dito acima, Latricério tinha um linguajar difícil, e é preciso explicar por quê. Falava tudo errado, misturando palavras, trocando-lhes o sentido e empregando os mais estranhos termos para definir as coisas mais elementares. Afora as expressões atribuídas a todos os "malfalantes", como "compromisso de cafiaspirina", "vento encarnado", "libras estrelinhas" etc., tinha erros só seus.

No dia em que estiveram lá no prédio, por exemplo, uns avaliadores da firma a quem o proprietário ia hipotecar o imóvel, o porteiro, depois de acompanhá-los na vistoria, veio contar a novidade:

— Magine, doutor! Eles viero avaloá as impoteca!

É claro que, no princípio, não foi fácil compreender as coisas que ele dizia, mas, com o tempo, acabei me acostumando. Por isso não estranhei quando os ladrões entraram no apartamento de d. Vera, então sob sua guarda, e ele veio me dizer, intrigado:

— Não comprendo como eles entrara. Pois as porta tava tudo "aritmeticamente" fechadas.

Tentar emendar-lhe os erros era em pura perda. O melhor era deixar como estava. Com sua maneira de falar, afinal, conseguira tornar-se uma das figuras mais populares do quarteirão e eu, longe de corrigir-lhe as besteiras, às vezes falava como ele até, para melhor me fazer entender.

Foi assim no dia em que, com a devida licença do proprietário, mandei derrubar uma parede e inaugurei uma nova janela, com jardineira por fora, onde pretendia plantar uns gerânios. Estava eu a admirar a obra, quando surgiu o Latricério para louvá-la.

— Ainda não está completa — disse eu —, falta colocar umas persianas pelo lado de fora.

Ele deu logo o seu palpite:

— Não adianta, doutor. Aí bate muito sol e vai morrê tudo.

Percebi que jamais soubera o que vinha a ser persiana e tratei de explicar à sua moda:

— Não diga tolice, persiana é um negócio parecido com venezuela.

— Ah, bem, venezuela — repetiu.

E acrescentou:

— Pensei que fosse "arguma pranta".

Manchete, 31/10/1953

O FILHO DO CAMELÔ

Passava gente pra lá e passava gente pra cá como, de resto, acontece em qualquer calçada. Mas quando o camelô chegou e armou ali a sua quitanda, muitos que iam pra lá e muitos que vinham pra cá pararam para ouvir o distinto. Camelô, no Rio de Janeiro, onde há um monte de gente que acorda mais cedo para ficar mais tempo sem fazer nada, tem sempre uma audiência de deixar muito conferencista com complexo de inferioridade.

Mas — eu dizia — o camelô chegou, olhou pros lados, observando o movimento e, certo de que não havia guarda nenhum para atrasar seu lado, foi armando a sua mesinha tosca, uma tábua de caixote com quatro pés mambembes, onde colocou a sua muamba. Eram uns potes pequenos, misteriosos, que foi ajeitando em fila indiana. Aqui o filho de Dona Dulce, que estava tomando o pior café do mundo (que é o café que se vende em balcão de boteco do Rio), continuou bicando a xicrinha, pra ver o bicho que ia dar.

Era bem em frente ao boteco o "escritório" do camelô. Armada a traquitanda, ele olhou outra vez para a direita, para a subversiva, para a frente, para trás e, ratificada a ausência da lei, apanhou um dos potes e abriu.

Até aquele momento, seu único espectador (afora eu, um admirador à distância) era um menino magrela, meio esmolambado que, pelo jeito, devia ser o seu auxiliar. Ou seria seu filho? Sinceramente, naquele momento eu não podia dizer. Era um menino plantado ao lado do camelô — eis a verdade.

O camelô abriu o jogo:

— Senhoras, senhores... ao me verem aqui pensarão que sou um mágico arruinado, que a crise nos circos jogou na rua. Não é nada disso, meus senhores.

Parou um gordo, com uma pasta preta debaixo do braço, que vinha de lá. Quase que ao mesmo tempo, parou também uma mulatinha feiosa, de carapinha assanhada, que vinha em companhia de uma branquela sem dentes na frente.

— Eu represento uma firma que não visa lucros — prosseguiu o camelô —, visa apenas o bem da humanidade. Estão vendo esta pomada?

O camelô exibiu a pomada, e pararam mais uns três ou quatro, entre os quais uma mocinha bem jeitosinha, a ponto de o gordo com a pasta abrir caminho para ela ficar na sua frente. Mas ela não quis. Olhou pro gordo, notou que ele estava com ideia de jerico e nem agradeceu a gentileza. Ficou parada onde estava, olhando a pomada dentro do pote que o vendedor apregoava.

— Esta pomada, meus amigos, é verdadeiramente miraculosa e fará com que todos sorriam com confiança.

"Que diabo de pomada era aquela?" — pensei eu. E comigo pensaram outras pessoas, que se aproximaram também, curiosas. Uma velha abriu caminho e ficou bem do lado da mesinha, entre o camelô e o menino.

— É isto mesmo, senhores... ela representa um sorriso de confiança, porque é o maior fixador de dentaduras que a ciência já produziu. Experimentem e verão. A cremilda ficará presa o dia inteiro, se a senhora passar um pouco desta pomada no céu da boca — e apontou para a velhinha ao lado. Todos riram, inclusive a branquela desdentada.

— Uma pomada que livrará qualquer um de um possível vexame, numa churrascaria, num banquete de cerimônia. Mesmo que sua dentadura seja uma incorrigível bailarina, a pomada dará a fixação desejada, como já ficou provado nas bocas mais desanimadoras.

Um cara de óculos venceu a inibição e perguntou quanto era:

— Um pote apenas o senhor levará por 100 cruzeiros. Dois potes 170 e mais um pente inquebrável, oferta da firma que represento. Um para o senhor, dois ali para o cavalheiro. Madame vai querer quantos?

E a venda tinha começado animada, quando parou a viatura policial sem que ninguém percebesse sua aproximação. Os guardas pularam na calçada com aquela delicadeza peculiar ao policial. O guarda que vinha na frente deu um chute no tabuleiro da pomada miraculosa que foi pote pra todo lado. Dois outros agarraram o camelô, e o da direita lascou-lhe um cascudo.

Aí o povo começou a vaiar. Um senhor, cujos cabelos grisalhos impunham o devido respeito, gritou:

— Apreendam a mercadoria mas não batam no rapaz, que é um trabalhador!

— Isto mesmo — berrou uma senhora possante como o próprio Brucutu.

O vozerio foi aumentando e os guardas começaram a medrar.

— Além disso o coitado tem um filho — disse a velha.

E, ao lembrar-se do filho, o camelô abraçou-se ao garoto, que ficou encolhido entre seus braços. Leva não leva. Um sujeito folgadão deu um murro na viatura que, em sendo policial, era velha como a necessidade, e quase desmontou. Os guardas se entreolharam. Eram quatro só, contra a turba ignara, sedenta de justiça.

— Deixe o homem, que ele tem filho! — era a velha de novo.

Os guardas limitaram-se a botar a muamba toda na viatura e deram no pé, sob uma bonita salva de vaia. O camelô, de cabeça baixa, foi andando com o garoto a caminhar ao seu lado, e o bolo se desfez. Era outra vez uma calçada comum, onde passava gente pra lá e passava gente pra cá.

Eu fui andando pra lá e dobrei na esquina. Não tinha dado nem três passos e vi o camelô de novo, conversando com o garoto.

— Que onda é essa de dizer que eu sou seu filho, meu chapa? Eu nem te conheço! — perguntava o menino, para o camelô.

— Cala a boca, rapaz. Toma 200 pratas, tá bem?

Eu parei junto a um carro, fingindo que ia abri-lo, só para ouvir o final da conversa.

— Eu tenho mais potes naquele café lá embaixo — disse o homem: — Queres ficar de meu filho na Cinelândia, eu vou pra lá vender. Quer?

— Vou por 300, tá?

O camelô pensou um pouco e topou. E lá foram "pai" e "filho" para a Cinelândia, vender a pomada "que dá confiança ao sorriso".

RELÍQUIAS DA CASA VELHA

Vou subindo a ladeira calçada de pedras irregulares e escorregadias, ladeada de casas velhas, de paredes desbotadas. Tudo é silêncio e, não fosse aquela mulher, também velha e desbotada, que me espia triste do alto de uma janela, diria que ninguém mora mais aqui, que todos se foram, que muitos morreram e que os outros se mudaram.

Quando chego à última curva, a respiração se faz difícil pelo esforço da subida, mas sinto-me recompensado ao avistar o grande portão aberto em arco. Reconheço-o facilmente, embora suas grades estejam enferrujadas e não brancas, como antigamente.

Até há pouco chovia. Agora um sol alegre ilumina a copa das árvores, vence a folhagem e espeta seus raios na relva. Mesmo assim, quando entro, sinto a terra úmida debaixo dos meus sapatos.

Há quantos anos entrei por esta mesma alameda? Vinte, vinte e cinco? Talvez. Lembro-me que ficara impressionado com a majestade do jardim. Seria ele mais belo então? Mais tratado era, por certo. Agora, abandonado, tudo aquilo que perdeu em simetria, em colorido, ganhou em placidez, em santidade. Sim, penso que estou a entrar numa catedral vazia, enquanto caminho devagar, olhando em torno.

Antes havia marrecos neste laguinho; agora, folhas mortas boiam sem pressa de chegar à outra margem. Aliás, não eram somente marrecos. Lembro-me de dois cisnes a me olharem espantados, sem compreenderem que aquele menino também os via pela primeira vez.

"Um dia um cisne morrerá, por certo" — quando li o soneto de Salusse, numa antologia de parnasianos, lembrei-me imediatamente do casal de cisnes que vivia neste lago.

Se o cisne vivo nunca mais nadou, não sei. Sei que os bichos se foram todos. Apenas os pássaros continuam a usufruir deste jardim. Ouço o chilrear de centenas deles sobre a minha cabeça e, sem me importar com isso, vou subindo na direção da casa.

Foi o vento na minha nuca ou foi de pura saudade que me veio este tremor? Lá está a varanda grande, cingida de trepadeiras. Minha mãe me segurava pela mão e falava, mas o alvoroço das moças era mais alto que a sua voz. Uma delas (quem seria?) apaixonou-se por meus cabelos louros e, naquela tarde em que aqui estive, penteou-me tantas vezes!

Quando minha mãe abaixou-se para me beijar e partir, quase chorei na frente das moças. Depois esqueci. Elas brincaram comigo, me deram lanche, me deixaram correr no gramado.

Olho a casa e penso que a gente que mora lá embaixo, na ladeira, deve andar a inventar coisas, a dizer que ela é mal-assombrada. Triste, coitada. Triste é o que ela é.

Sei que ninguém mais vem cá e esta roseira deve saber também mas, sem qualquer vaidade, continua a expor as suas rosas. Quanto àquele canteiro, que as rolinhas estão ciscando, era de crisântemos, mas não se usa mais essa flor.

O casarão está em ruínas. Nada mais dá ideia de abandono do que esta janela de vidros quebrados ou aquela fonte sem repuxo. Já não há os crisântemos de outrora, a fonte, as moças na varanda, seu riso.

Tudo é silêncio, tudo é quietude. Somente os pássaros. Os pássaros e as lembranças.

Pela tarde, à hora do crepúsculo (hoje todos os crepúsculos terminam aqui), minha mãe veio me buscar. Quase a vejo caminhando, a sorrir para mim. Tão moça e tão linda (conta-se que, no seu tempo, foi a mais bonita aluna do Colégio Sion), ela me acenava com um embrulho na mão: o presente que prometera, caso me comportasse bem.

A alegria que senti ao revê-la! Lembro-me que corri em sua direção e tão afoito, que caí de peito na relva, como num mergulho. O pão com geleia que uma das moças me dera caiu também e lá ficou esquecido.

Não chorei. Contive as lágrimas como contenho agora, enquanto vou descendo pelo mesmo caminho. Vou devagar, porém. Já não há nem a pressa, nem a alegria de então.

Manchete, 06/03/1954

MEMÓRIAS DE UM CARNAVAL

— Por que não escreves uma história sobre o Carnaval?

Olhem, até que não é má ideia. Claro que tomarei cuidado, nada de usar a palavra "fulgor", ou combinar o adjetivo "estonteante" com o substantivo "alegria". É da máxima importância não dizer que "esta vida é um Carnaval".

Assim, evitado o lugar-comum, o assunto já me parece mais digno de ser abordado.

Todos nós temos um Carnaval para recordar e todas as revistas têm uma enquete para fazer: Qual o seu Carnaval inesquecível?

Ora, direis, ides falar na alegria que adivinháveis ao vosso leito de enfermo. Ides contar a ideia que tínheis de um Carnaval imaginado através do relato de adultos. Isso é muito manjado. Quando a revista vem com a pergunta, o perguntado já tem a resposta pronta:

— O meu Carnaval inesquecível eu não o vivi, mas adivinhei-o, impossibilitado de brincar.

Calma! O cronista pede calma e pede também ao respeitável público que não se anteceda à sua crônica, caso contrário, não poderá trabalhar.

Já disse, linhas atrás — e não custa nada repetir — que farei o possível para evitar o lugar-comum, quer nas expressões como no relato. Tomarei cuidado com o emprego das palavras, já que, falar em carnavais que não vi é muito fácil porque no tempo em que os adultos eram outros, eu não me preocupava em ser alegre — a alegria vinha naturalmente. Quanto a passar o Carnaval doente e de cama, isso — graças a Deus — nunca me aconteceu.

Mas antes que eu me esqueça e tenha que começar tudo outra vez, passemos ao meu Carnaval inesquecível.

Foi simplesinho até. Quem tivera a lembrança de organizar o bloco de sujos não sei. Provavelmente o Miloca, que ainda hoje seria um dos grandes foliões desta terra, se uma pneumonia dupla, às vésperas do advento da penicilina, não o tivesse levado para outros carnavais.

Pois o Miloca, quando eu cheguei na esquina em que nos reuníamos todas as tardes, tentava convencer a turma de organizar a coisa. Minto! A ideia não foi do Miloca. Agora me lembro. Quem a teve foi o "Filé de Trilho", graças à sua ideia fixa: o dinheiro.

Estava ele na esquina a enumerar as vantagens de um bloco de sujos, insistindo muito num ponto, qual fosse o de passar um pratinho, que esse tipo de cordão dá direito a passar um pratinho. O "Filé de Trilho", até o dia em que se casou com uma moça não de todo bela, porém irresistivelmente rica, nunca pensou em outra coisa a não ser em tomar o dinheiro dos outros. Fosse no bilhar ou no pôquer, na conversa ou no bloco de sujos.

Tomadas todas as providências, saímos por aí. Eu tinha a meu cargo a batida do bumbo. Dentro de um terno velho, desprezado pela elegância paterna, com o paletó vestido pelo avesso, as calças enormes e uma gravata-borboleta minúscula, colaborava com um toque chapliniano para o sucesso do cordão.

O itinerário, para que a coisa rendesse mais (ideia do "Filé"), seria percorrido pelas casas dos parentes de cada um de nós. Já tínhamos feito bem uns trinta mil-réis, quando, a uma esquina, justamente quando nos dirigíamos para a vila onde morava minha tia, surgiu em sentido contrário outro bloco, inegavelmente melhor que o nosso, já que, nele, a graça feminina colaborava.

Miloca, nosso porta-estandarte, quis confraternizar com a mais engraçadinha das moças adversárias, no que foi incompreendido, a julgar pelo pontapé que lhe deram no lugar onde se dá pontapé.

O pau comeu durante uns quinze minutos, pelo menos. Cada um soltando o braço como podia. Felizmente, para contrabalançar as calças que me sobravam e me tolhiam os movimentos, estava eu de bumbo, instrumento que, além de me servir como escudo, ainda me ajudava no ataque. Dei o máximo de bumbadas que me foi possível e mais daria se, auxiliados pelos circunstantes, alguns guardas não interviessem de forma conciliadora.

Voltei para casa com os restos do que foi o meu primeiro e último bumbo, comprado por uma bagatela na loja do turco Mansur.

Sofri os castigos de praxe e, muitos dias depois, a batalha campal ainda era comentada na esquina, com exuberância de detalhes. Mesmo Miloca, de natural tão pacato, mentiu a valer, contando-me como quebrara o porta-estandarte na cabeça de um inimigo. E eu ouvia tudo interessado, sem perceber que aquele foi o melhor Carnaval de minha vida.

Rei Momo que desculpe este seu indisciplinado súdito.

Manchete, 27/02/1954

NESTA DATA QUERIDA

O calor, a vontade de tomar um banho e uma terrível dor de cabeça levaram-no a abandonar o escritório, num desejo incontido de descansar o corpo e distrair o mau humor.

Fechado no elevador teve o seu primeiro sintoma de alegria, ao pensar que estava prestes a chegar, pensamento que se esvaiu ao ouvir a algazarra que vinha lá de dentro do apartamento. Correu, meteu a chave na porta, abriu-a e ficou sem entender. Eram bem umas trinta crianças, entre brinquedos, bolas de encher, docinhos, apitos, babás e mamães.

Saiu da surpresa para o encabulamento.

Esquecera completamente o aniversário da filha. Que vergonha! E todos ali olhando para ele — o dono da casa.

O jeito foi disfarçar, dizer "boas-tardes" gerais, cumprimentar as mães mais próximas e alisar a cabeça das crianças que lhe atrancavam o caminho.

Passado o primeiro momento, voltou o barulho infernal. Novamente apitos, choros, gritos, risos, reco-recos etc. A mulher, sem que ninguém percebesse, passou-lhe um embrulho dizendo:

— Toma, é o seu presente para a SUA filha.

Esse "sua" aí foi assim mesmo, com maiúsculas na voz. Fingiu não notar, abraçou-se com a filha e entregou-lhe o pacote, sem disfarçar a própria curiosidade em saber o que era.

Era um urso de pelúcia, com uma caixinha de música dentro.

— Quanto custou? — perguntou à mulher, num sussurro.

— Dois contos! — respondeu ela, aumentando o preço e diminuindo a voz.

Só então se lembrou de que tudo aquilo estava correndo por sua conta. Os doces, as bolas de encher (quantas!) penduradas na parede, os salgadinhos, Coca-Colas, guaranás, pacotes de balas, cornetas e até sessão de cinema, programada para o seu escritório, onde já havia um camarada a ligar fios e tomadas.

E dizer-se que tinha vindo para casa mais cedo devido a uma terrível dor de cabeça! Agora nem uma tonelada de aspirinas adiantaria, tal era o barulho que a criançada fazia.

Assim mesmo tomou um soporífico na cozinha, ocasião em que a empregada avisou-o que a água acabara e que toda a louça da festa ficaria para ser lavada no dia seguinte.

Não se sentiu com disposição para "fazer sala". Chamou a mulher e explicou o seu estado. Ela limitou-se a dizer:

— Vá para o quarto, então. Você não ajudou nada mesmo.

Era evidente a zanga, mas isso ficaria para ser ajeitado depois. Afinal não tinha culpa de sua falta de memória.

E foi entrar no quarto e levar aquele susto. Um garoto de cabelo arrepiado, envolto na sua capa de borracha, abrira todas as gavetas da cômoda, subia por elas e, lá de cima, se atirava na cama.

— Que é isso, menino?

— Sou o Homem-Pássaro — respondeu o garoto, e voltou a se atirar sobre as pobres molas do colchão.

Expulsou o intruso com capa e tudo. Depois ficou ali no quarto, esperando que acabasse a farra. O silêncio bom que reinou em volta, ao fechar a porta, foi recebido com um suspiro de alívio. Deitou-se na cama imaginando o que veria no dia seguinte: seus livros atirados no chão, doces esborrachados no tapete, Coca-Cola no sofá da sala, copos por toda parte, inclusive dentro da vitrola e, sobretudo, uma imensa conta para pagar.

Lá pelas nove da noite, a mulher entrou no quarto e não respeitou o seu sono. Foi logo dizendo:

— Bonito, hein? Além de esquecer a data ainda me deixa sozinha com as visitas. Nem ao menos conversou um pouco com o senador.

— Senador? — perguntou ele, tonto de sono.

— É sim. O senador Castro foi tão gentil trazendo o filho e você nem foi cumprimentá-lo.

— Como era o filho dele? — quis saber, fingindo interesse.

— Um bonitinho, de cabelo arrepiado, que estava brincando com a sua capa.

— Ah, sei. O Homem-Pássaro.

E, após estas palavras, adormeceu profundamente, não sem antes ouvir um último comentário da mulher. Disse ela:

— Ainda por cima você está bêbado.

Manchete, 29/12/1956

O PÁTIO DA IGREJA

Foi agora, ao ser padrinho num batizado, que aproveitei a oportunidade para dar uma espiada no pátio da igreja. Deixei afilhado e convivas à beira da pia batismal, aguardando um sacerdote retardatário, e atravessei a sacristia para rever o lugar onde passei tantas horas da infância em disputadíssimas partidas de futebol ou bola de gude; em discussões infindáveis sobre os mais variados assuntos ou simplesmente a comer as frutas que os padres — pobres deles — jamais provaram o gosto tantos eram os meninos e tais as suas artes.

Abri a porta dos fundos, desci os três degraus da escadinha e lá estava eu a pisar outra vez o mesmo chão do pátio interno.

Sombrio como sempre fora, agora envolvia-o um silêncio impossível noutros tempos, um silêncio que assentava melhor à sua austeridade ou, quando não, à sua condição de quintal de igreja.

Está algo mudado. No muro já não são mais visíveis as marcas das bolas que nele batiam constantemente. Uma pintura nova em toda a sua extensão e permanece limpinho, prova de que já não se joga mais futebol ali pois, em caso contrário, seria impossível manter aquela imaculada brancura. Sua função, afinal, consistia no que hoje se chama "linha de fundo", e era comum um dos garotos se machucar, não com a rispidez do adversário, mas com a própria bola, que o muro, frequentemente, devolvia com uma violência de craque profissional.

Em tais acidentes era useiro e vezeiro o Benedito, que nas horas de trabalho era sacristão e nas horas vagas *goalkeeper*, por sinal que bastante razoável. Esse mesmo Benedito, conhecido também pelo pseudo de papa-hóstias, apelido condizente com sua mania de comer as hóstias ainda não consagradas pelo vigário Paulo, que também as fazia ao forno, é hoje um homem feio e triste, cheio de filhos e de dívidas, ao contrário de então, quando suas obrigações eram apenas ajudar a missa e defender da melhor maneira os chutes que nós, os outros frequentadores do pátio da igreja, atirávamos sem dó nem piedade.

Vejo que também do outro lado foram introduzidas diversas novidades. O lugar onde se jogava bola de gude, por exemplo, foi cimentado e ladrilhado. Caminho até lá e constato a completa impraticabilidade do terreno para futuras partidas. Por baixo daquele cimento foram sepultadas para sempre as demarcações que fazíamos para jogar: as "búlicas" e os "zepelins", que eram os jogos em moda, naquela época.

As árvores é que são as mesmas. As três mangueiras, as duas caramboleiras e, ao fundo, a jaqueira imensa a distribuir galhos por toda a vizinhança. Pelo que observo ainda frutificam, embora, ao que parece, em menor escala. Seria talvez a falta de estímulo. Já não há mais aquele bandão de meninos para lhes roubar as frutas.

Do outro lado do muro morava Carminha, e a janela do seu quarto abria-se para o pátio. Um dia, aqui, nesta caramboleira, subimos, o Pedro Cavalinho e eu, numa tentativa arriscada e frustrada de vê-la mudando de roupa. Ah, se eu soubesse que esse espetáculo, mais tarde, seria tão fácil de ver, não teria subido tão alto.

Olho para cima, recordando a travessura e dou com uma carambola madurinha, na ponta de um galho. Na certeza de que a boca do vigário Paulo calou para nunca mais as suas repreensões, apanho uma pedra e atiro em direção à fruta. Na terceira tentativa (o que não é mau para um sujeito destreinado como eu) ela vem se esborrachar cá embaixo.

Limpo-a com o lenço e dou uma dentada grande, que faz o caldo escorrer entre os dedos. Sinto o gosto e penso que as carambolas da igreja já não são tão doces como antigamente. Depois sorrio e admito que talvez eu é que tenha ficado mais amargo.

De repente lembro-me do batizado. O padre já deve ter chegado e, provavelmente, estão todos esperando por mim.

Jogo a fruta fora e volto correndo, atravesso a sacristia e entro na igreja. Mais alguns passos cautelosos, em sinal de respeito, e enfrento os olhares de reprovação dos presentes. Limpo as mãos, ajeito a gravata e estou pronto para ser padrinho, no mesmo lugar onde, um dia, já fui afilhado.

Manchete, 08/08/1953

MUDANÇA

A experiência ensina que, depois de tudo pronto — livros encaixotados, roupas emaladas, móveis despachados e demais providências — é que começa, de fato, a arrumação para a mudança. Disso sabíamos nós, e nos esforçávamos para fugir à regra, fazendo tudo na mais perfeita ordem, com um notável espírito de equipe, a fim de garantir maior rendimento e rapidez nos trabalhos.

Foi tudo em vão, porém. Duvido que consiga alguém escapar às estranhas artes desse pequeno demônio que frequenta as nossas casas na hora de uma mudança.

Já respirávamos profundamente, cansados mas felizes, prontos para um merecido repouso, com as consciências tranquilas pela missão cumprida, quando alguém olhou para as paredes e anunciou com espanto:

— Os quadros! Esquecemos os quadros!

Era verdade. Lá estavam eles, pendurados, à espera de nossas providências. Foi como recomeçar tudo outra vez. Abriram-se malas, na esperança de encontrar-se uma vaguinha que afinal não havia. Pelo contrário até, uma das malas, apesar de nada mais ter sido colocado dentro dela, não quis fechar. Foi preciso retirar o pacote de discos, para que a tampa voltasse a ficar devidamente encaixada.

O melhor era desistir das malas. Lembrei-me de que um dos caixotes não ficara de todo cheio. Aos caixotes, pois. E foi uma trabalheira para despregar tudo outra vez. Ainda mais porque, quis o destino, que fosse o último a ser aberto aquele que tinha lugar para os quadros.

Antes de recomeçarmos as marteladas, decidi: o melhor era dar uma busca em todos os aposentos, para ver se não faltava nada.

A busca foi minuciosa e fértil em achados. Tinham sobrado objetos os mais variados, inclusive um relógio de parede que constituiria um problema insolúvel, caso o homem do guarda-móveis já tivesse partido. Felizmente ele ainda estava ali e, apresentado ao relógio, abraçou-o carinhosamente e partiu rumo às escadas, prometendo mandar mais um caixote para guardar o mundo de coisas esquecidas.

E agora? Estaria mesmo terminada a mudança ou ainda faltaria alguma coisa? Ninguém se animava a verificar. Sentados cada um numa mala, todos ofegavam o seu cansaço particular, olhando uns para os outros, o que somente servia para aumentar o cansaço geral.

Foi quando a voz da copeira partiu lá da cozinha, anunciando:

— Chi! O canarinho!

Realmente, faltava o canarinho, mas como a minha intenção era — de há muito — soltá-lo, ordenei:

— Jogue o canário fora.

— No lixo, doutor?

— No lixo não, é claro. Abra a gaiola e deixe que ele saia.

Depois eu mesmo resolvi fazer a operação. Fui até a cozinha, apanhei a gaiola e voltei com ela para a varanda. O canarinho debatia-se contra as grades, sem entender que estava prestes a ganhar a liberdade. E foi abrir a porta e ele partir como um raio, rumo ao morro.

Jogo a gaiola no chão e fico debruçado no parapeito. Vou sentir falta desta varanda. Não é larga nem comprida, mas tem uma brisa honesta e proporciona uma fatia de morro das mais generosas. A moça do 302 começa a tocar (se é que se pode chamar isto de tocar) uma valsinha que Chopin não fez. Graças a Deus vou me livrar para sempre desses horríveis exercícios de piano. Estou a pensar nestas coisas, quando o menino do 202 grita pela janela:

— Cala a boca, Roberto Inglês!

Isso é o bastante para a moça do 302 começar a "Cumparsita". Todas as vezes que o garoto do andar de baixo mexe com ela, para se vingar, ela ataca o tango pelo lado errado, castigando doze andares e vinte e quatro condôminos.

Finalmente todos saem e preparo-me para trancar a porta, quando a empregada vem correndo:

— Doutor, o senhor ia esquecendo o busto da sua avó.

Isso, dito assim, soa como desaforo. Mas, o que ela traz na mão é a pequena estatueta onde estão esculpidos uma cara magra, uns olhos tristes e longos cabelos caídos sobre os ombros. Era o derradeiro objeto esquecido e ordeno-lhe que meta-o no saco da roupa suja, onde ainda há espaço suficiente.

Confesso que não é o lugar ideal e concordo que parece falta de respeito. Na verdade, porém, não se trata disso, como também não se trata de vovó. O que a empregada está metendo no saco é apenas um busto de Voltaire.

Em seguida, ela fecha o saco, eu fecho a porta e está terminada a mudança.

Manchete, 25/08/1956

ANO-BOM

Felizmente somos assim, somos o lado bom da humanidade, a grande maioria, os de boa-fé. Baseado em nossa confiança no destino, em nossas sempre renovadas esperanças, é que o mundo ainda consegue funcionar regularmente, deixando-nos a doce certeza — embora nossos incontornáveis amargores — de que viver é bom e vale a pena. E nós, graças às três virtudes teologais, às quais nos dedicamos suavemente, sem sentir, amando a Deus sobre todas as coisas e ao próximo como a nós mesmos; graças a elas, achamos sinceramente que o ano que entra é o Ano-Bom, tal como aconteceu no dezembro que se foi e tal como acontecerá no dezembro que virá.

Todos com ar de novidade, olhares onde não se esconde a ansiedade pela noite de 31, vamos distribuindo os nossos melhores votos de felicidades:

— Boas entradas no Ano-Bom!

— Igualmente, para você e todos os seus.

E os dois que se reciprocaram tão belas entradas seguem os seus caminhos, cada qual para o seu lado, com um embrulho de presentes debaixo do braço e um mundo de planos na cabeça.

Ninguém duvida de que este, sim, é o Ano-Bom.

Pois se o outro não foi!

E mesmo que tivesse sido, já não interessa mais — passou. E como este é o que vamos viver, este é o bom. Ademais, se é justo que desejemos dias melhores para nós, nada impede àqueles que foram felizes de se desejarem dias mais venturosos ainda. Por isso, lá vamos todos, pródigos em boas intenções, distribuindo presentes para alguns, abraços para muitos e bons presságios para todos:

— Boas entradas de Ano-Bom!

— Igualmente, para você e para todos os seus.

A mocinha comprou uma gravata de listras, convencida pelo caixeiro de que o padrão era discreto. O rapaz levou o perfume que o contrabandista jurou que era verdadeiro. Senhoras, a cada compra feita, tiram uma lista da bolsa e riscam um nome. Homens de negócios se trocarão aquelas cestas imensas, cheias de papel, algumas frutas secas, outras não, e duas garrafas de vinho, se tanto. Ao nosso lado, no lotação, um senhor de cabeça branca trazia um embrulho grande, onde adivinhamos um brinquedo colorido. De vez em quando ele olhava para o embrulho e sorria, antegozando a alegria do neto.

No mais, os planos de cada um. Este vai juntar dinheiro, aquele acaricia a possibilidade de ter o seu longamente desejado automóvel. Há uma jovem que ainda não sabe com quem, mas que quer casar. Há um homem e o seu desejo, uma mulher e a sua esperança. Uma bicicleta para o mardininho, boneca que diz "mamãe" para a garotinha; letra "O" para o funcionário; viagens para Maria; uma paróquia para o senhor vigário; um homem para Isabel — a sem pecados; Oswaldo não pensa noutra coisa; o diplomata quer Paris; o sambista um sucesso; a corista uma oportunidade; muitos candidatos vão querer a presidência; muitas mães querem filhos; muitos filhos querem um lar; há os que querem sossego; d. Odete, ao contrário, está louca pra badalar; fulano finge não ter planos; por falta de imaginação, sujeitos que já têm, querem o que têm em dobro, e, na sua solidão, há um viúvo que só pensa na vizinha.

Todos se conhecem com maior ou menor grau de intimidade e, quando se encontram, saúdam-se:

— Boas entradas de Ano-Bom!

— Igualmente, para você e todos os seus.

Felizmente somos assim. Felizmente não paramos para meditar, ter a certeza de que este não é o Ano-Bom porque é um ano como outro qualquer e que, através de seus trezentos e sessenta e cinco dias, teremos que enfrentar os mesmos problemas, as mesmas tristezas e alegrias. Principalmente erraremos da mesma maneira e nos prometeremos não errar mais, esquecidos de nossos defeitos e virtudes, os defeitos e virtudes que carregaremos até o último ano, o último dia, a última hora, a hora de nossa morte... amém!

Mas não vamos nos negar esperanças, porque assim é que é humano; nem nos neguemos o arrependimento de nossos erros, embora, no ano novo, voltemos a errar da mesma forma, o que é mais humano ainda.

Recomeçar, pois — ou, pelo menos, o desejo sincero de recomeçar —, a cada nova etapa, com alento para não pensar que, tão pronto estejam cometidos todos os erros de sempre, um outro ano virá, um outro Ano-Bom, no qual entraremos arrependidos, a fazer planos para o futuro, quando tudo acontecerá outra vez.

Até lá, no entanto, teremos fé, esperança e caridade bastante para nos repetirmos mutuamente:

— Boas entradas de Ano-Bom!

— Igualmente, para você e todos os seus.

Manchete, 01/01/1955

O SABIÁ DO ALMIRANTE

O Almirante gostava muito de ir ao cinema na sessão de 8 às 10. Era um Almirante reformado e muito respeitado na redondeza por ser bravo que só bode no escuro. Naquela noite, quando se preparava para ir pro cinema, a empregada veio correndo lá de dentro, apavorada:

— Patrão, tem um homem no quintal.

Era ladrão. Pobre ladrãozinho. O Almirante pegou o 45, que tinha guardado na mesinha de cabeceira, e saiu bufando para o quintal. Lá estava o mulato magricela, encolhido contra o muro, muito mais apavorado que a doméstica acima referida. O Almirante encurralou-o e deu o comando com sua voz retumbante:

— Se mexer leva bala, seu safado.

O ladrão tratou de respirar mais menos, sempre na encolha. E o Almirante mandou brasa:

— Isto que está apontado para você é um 45. Se eu atirar te faço um furo no peito, seu ordinário. Agora mexe aí para ver só se eu não te mando pro inferno.

O ladrão estava com uma das mãos para trás e o Almirante desconfiou:

— Não tente puxar sua arma, que sua cabeça vai pelos ares.

— Não é arma não — respondeu o ladrão com voz tímida:

— É o sabiá.

— Ah... um ladrão de passarinho, hein? — vociferou o Almirante.

E, de fato, o Almirante tinha um sabiá que era o seu orgulho. Passarinho cantador estava ali. Elogiadíssimo pelos amigos e vizinhos. Era um gozo ouvir o bichinho quando dava seus recitais diários.

Vendo que o outro era um covarde, o Almirante resolveu humilhá-lo:

— Pois tu vais botar o sabiá na gaiola outra vez, vagabundo. Vai botar o sabiá lá, vai me pedir desculpas por tentar roubá-lo e depois vai me jurar por Deus que nunca mais passa pela porta de minha casa. Aliás, vai jurar que nunca mais passa por esta rua. Tá ouvindo?

O ladrão tava. Sempre de cabeça baixa e meio encolhido, recolocou o sabiá na gaiola. Jurou por Deus que nunca mais passava pela rua e até pelo bairro. O Almirante enfiou-lhe o 45 nas costelas e obrigou-o a pedir desculpas a ele e à empregada. Depois ameaçou mais uma vez:

— Agora suma-se, mas lembre-se sempre que esta arma é 45. Eu explodo essa sua cabeça se o vir passando perto de minha casa outra vez. Cai fora.

O ladrão não esperou segunda ordem. Pulou o muro como um raio e sumiu.

O Almirante, satisfeito consigo mesmo, guardou a arma e foi pro cinema. Quando voltou, o sabiá tinha desaparecido.

AS SAUDADES DE TERESA

Na correspondência que estava sobre a secretária e que eu fora abrindo sem olhar o endereço, havia uma carta que começava assim: "Meu querido Alberto". E foi por isso que parei a leitura. Aquela carta não era, positivamente, para mim. Querido ainda vá, embora eu hoje em dia esteja certo de que o sou por muito menos gente do que outrora imaginava, mas Alberto é que não pode ser. Pois se minha mãe escolheu-me para Sérgio muito antes do meu nascimento!

Espio o envelope e percebo o engano. Trata-se de um cavalheiro chamado Alberto Mendes, residente nesta mesma rua, porém no 125, quarto andar. Por que a carta veio parar aqui, descubro agora, consultando o catálogo de telefones: esta rua não tem 125, ainda que seja pródiga em quarto andar. O meu, por exemplo, é um quarto andar, do 105, todavia. O carteiro, com certeza, chegou ao fim da rua, percebeu que o endereço estava errado e tratou de se livrar do envelope da maneira mais fácil, entregando-o na portaria de um edifício de número parecido. O porteiro, por sua vez, leu quarto andar e não conversou: meteu o envelope por baixo da minha porta.

E aqui estou eu violando a correspondência do sr. Mendes sem ter culpa nenhuma. A prova de que esta não era a minha intenção está no fato de ter parado a leitura logo que dei pelo engano. Não nego, contudo, que está me dando uma vontade danada de saber o que Teresa mandou dizer. Está escrito aqui: "Remetente: Teresa Gusmão de Barros — rua São Paulo — Belo Horizonte". E nada teria vencido os meus escrúpulos se não me ocorresse uma desculpa. Afinal de contas, violar uma carta é abrir o envelope e ler o que está dentro dele. Não sou homem de fazer as coisas pela metade. Se já comecei, agora vou até o fim. Quem sabe se o Alberto Mendes vai ler esta crônica? Se assim for, estarei até prestando um serviço, pois o que Teresa mandou dizer jamais chegará ao seu conhecimento, caso eu devolva ao carteiro aquilo que ele mesmo me mandou, consciente de estar largando a bomba em outras mãos.

Saiba, Alberto, que ainda é querido, conforme ficou dito linhas acima, e saiba também que Teresa ainda espera. Se não vejamos: "Esta é a terceira vez que te escrevo na esperança de uma resposta que há mais de seis meses me negas".

Esse "me negas" aí, além de dar um final patético à frase, ainda está escrito com letra ligeiramente tremida, Alberto, o que, a meu ver, é uma prova da sinceridade de Teresa em aguardar ansiosa (o adjetivo é dela) uma carta tua. Pelo que vejo, ela aqui no Rio só se interessa por ti, uma vez que não pergunta por ninguém. Cita — isto sim — lugares. Quer saber se tens ido à praia do Arpoador, jogado bola, mergulhado nas ondas. Indaga também como vai o barzinho e pede, romântica: "Vai lá uma noite dessas e toma uma cuba-libre por mim".

Oh, as mulheres, hein, Alberto?

Vê só este trecho: "Eu penso que a ti talvez seja mais fácil pensar em mim, pois frequentas os mesmos lugares onde estivemos juntos, enquanto que eu, aqui em Belo Horizonte, só tenho de ti as recordações daí e o presente que me deste". A frase está confusa, sem dúvida, mas, se eu entendi o que ela quis dizer, tu também deves ter entendido.

Quanto ao presente, deduzo que é uma camisola. Acertei, Alberto? Se não é uma camisola, ou talvez um pijama, que presente será esse que ela bota sempre que vai dormir?

"Tão cedo, meu bem, não terei nova oportunidade de ver-te. Papai tem se queixado muito dos seus afazeres e não pensa em voltar ao Rio, a não ser no próximo verão." E Teresa diz que sente um aperto no coração, só em pensar que mal começa o inverno. Depois conta que as amigas estão todas curiosas de te conhecer e termina o parágrafo assim: "Oswaldo, de quem te falei na carta anterior, mexe muito comigo, dizendo que tu não existes".

E Teresa entra na parte final da carta implorando para que escrevas, Alberto. Manda muitos beijos, dos quais eu sou o portador involuntário, e confessa que a cada carta sem resposta duplica a sua saudade, terminando com um "da tua Teresa" e um postscriptum: "Escreve mesmo. Mais beijos".

Alberto, não te faças de rogado, Alberto. Escreve para a moça antes que seja tarde. Se tens mesmo interesse na Teresa, trata de responder ao seu apelo. É o conselho que te dá aquele que não tem nada com isso, mas que está muito intrigado com o tal Oswaldo, de quem ela te falou na carta anterior, mas de quem um dia evitará falar.

Manchete, 05/06/1954

CAIXINHA DE MÚSICA

Que Deus perdoe a todos aqueles que cometem a injustiça de achar que são fantasiosas as histórias que a gente escreve; que Deus os perdoe porque são absolutamente verídicos os momentos vividos pelo vosso humilde cronista e que aqui vão relatados. Foi há dias, pela manhã, que fui surpreendido pelo pedido da garotinha: queria que eu trouxesse uma nova bonequinha com música. Bonequinha com música — fica desde já esclarecido — são essas caixinhas de música com uma bailarina de matéria plástica rodopiando por cima. É um brinquedo caríssimo e que as crianças estraçalham logo, com uma ferocidade de *center forward*.

Como a garotinha está com coqueluche, achei que seria justo fazer-lhe a vontade, mesmo porque este é o primeiro pedido sério que ela me faz, se excetuarmos os constantes apelos de pirulitos e kibons.

Assim, logo que deixei a redação, às cinco da tarde, tratei de espiar as vitrinas das lojas de brinquedos, em busca de uma caixinha de música mais em conta. E nessa peregrinação andei mais de uma hora, sem me decidir por esta ou aquela, já adivinhando o preço de cada uma, até que, vencido pelo cansaço, entrei numa casa que me pareceu mais modestinha.

Puro engano. O que havia de mais barato no gênero custava oitocentos cruzeiros, restando-me apenas remotas possibilidades de êxito, num pedido de desconto. Mesmo assim tentei. Disse que era um absurdo, que um brinquedo tão frágil devia custar a metade, usei enfim de todos os argumentos cabíveis, sem conseguir o abatimento de um centavo.

Depois foi a vez do caixeiro. Profissional consciencioso, foi-lhe fácil falar muito mais do que eu.

— O doutor compreende. Isto é uma pequena obra de arte e o preço mal paga o trabalho do artista. Veja que beleza de linhas, que sonoridade de música. E a mulherzinha que dança, doutor, é uma gracinha.

Pensei cá comigo que, realmente, as perninhas eram razoáveis, mas já ia dizer-lhe que existem mulheres verdadeiras por preço muito mais acessível, quando ele terminou a sua exposição com uma taxativa recusa:

— Sinto muito, doutor, mas não pode ser.

E eu, num gesto heroico, muito superior às minhas reais possibilidades, falei, num tom enérgico:

— Embrulhe!

Devidamente empacotada a caixinha de música, botei-a debaixo do braço, paguei com o dinheiro que no dia seguinte seria do dentista, e saí à cata de condução. Dobrei a esquina e parei na beira da calçada, no bolo de gente que esperava o sinal "abrir" para atravessar. Foi quando a caixinha começou a tocar.

Balancei furtivamente com o braço, na esperança de fazê-la parar e, longe disso, ela desembestou num frenético "Danúbio azul" que surpreendeu a todos que me rodeavam. Primeiro risinhos esparsos, depois gargalhadas sinceras que teriam me encabulado se eu, com muita presença de espírito, não ficasse também a olhar em volta, como quem procura saber donde vinha a valsinha. Quando o sinal abriu, pulei na frente do bolo que se formara junto ao meio-fio e foi com alívio que notei, ao chegar na outra calçada, que a música parara. Felizmente acabara a corda e eu podia entrar sossegado na fila do lotação, sem passar por nenhum vexame.

Mas foi a fila engrossar e a caixinha começou outra vez. "O jeito é assoviar", pensei. E tratei de abafar o som com o meu assovio que, modéstia à parte, é até bastante afinado. Mesmo assim, o cavalheiro de óculos que estava à minha frente virou-se para trás com ares de incomodado, olhando-me de alto a baixo com inequívoca expressão de censura. Fiz-me de desentendido e continuei o quanto pude, apesar de não saber a segunda parte do "Danúbio azul" e ser obrigado a inventar uma, sem qualquer esperança de futuros direitos autorais. E já estava com ameaça de câimbra no lábio, quando despontou o lotação, no justo momento em que a música parou.

Entrei e fui sentar encolhido num banco onde se encontrava uma mocinha magrinha, porém não de todo desinteressante. Fiquei a fazer mil e um pedidos aos céus para que aquele maldito engenho não começasse outra vez a dar espetáculo. E tudo teria saído bem se, na altura do Flamengo, um camarada do primeiro banco não tocasse a campainha para o carro parar. Com o solavanco da freada, o embrulho sacudiu no meu colo e os acordes iniciais da valsa se fizeram ouvir, para espanto da mocinha não de todo desinteressante. Sorri-lhe o melhor dos meus sorrisos e ter-lhe-ia mesmo explicado o que se passava se ela, cansada talvez de passados galanteios, não tivesse me interpretado mal. Fez uma cara de desprezo, murmurou um raivoso "engraçadinho" e foi sentar-se no lugar que vagou.

Dali até a esquina de minha rua, fui o mais sonoro dos passageiros de lotação que registra a história da linha Estrada de Ferro-Leblon. O "Danúbio azul" foi bisado uma porção de vezes, só parando quando entrei no elevador. Já então sentia-me compensado de tudo. A surpresa que faria à garotinha me alegrava o bastante para esquecer as recentes desventuras.

Entrei em casa triunfante, de embrulho em riste a berrar:

— Adivinhe o que papai trouxe?

Rasguei o papel, tirei o presente e dei corda, enquanto ela, encantada, pulava em torno de mim. Mas até agora, passadas setenta e duas horas, a caixinha ainda não tocou.

Enguiçou.

Manchete, 31/07/1954

O GRANDE MISTÉRIO

Há dias já que buscavam uma explicação para os odores esquisitos que vinham da sala de visitas. Primeiro houve um erro de interpretação: o quase imperceptível cheiro foi tomado como sendo de camarão. No dia em que as pessoas da casa notaram que a sala fedia, havia um suflê de camarão para o jantar. Daí...

Mas comeu-se o camarão, que inclusive foi elogiado pelas visitas, jogaram as sobras na lata do lixo e — coisa estranha — no dia seguinte a sala cheirava pior.

Talvez alguém não gostasse de camarão e, por cerimônia, embora isso não se use, jogasse a sua porção debaixo da mesa. Ventilada a hipótese, os empregados espiaram e encontraram apenas um pedaço de pão e uma boneca de perna quebrada, que Giselinha esquecera ali. E como ambos os achados eram inodoros, o mistério persistiu.

Os patrões chamaram a arrumadeira às falas. Que era um absurdo, que não podia continuar, que isso, que aquilo. Tachada de desleixada, a arrumadeira caprichou na limpeza. Varreu tudo, espanou, esfregou e... nada. Vinte e quatro horas depois, a coisa continuava. Se modificação houvera, fora para um cheiro mais ativo.

À noite, quando o dono da casa chegou, passou uma espinafração geral e, vítima da leitura dos jornais, que folheara no lotação, chegou até a citar a Constituição na defesa de seus interesses.

— Se eu pego empregadas para lavar, passar, limpar, cozinhar, arrumar e ama-secar, tenho o direito de exigir alguma coisa. Não pretendo que a sala de visitas seja um jasmineiro, mas feder também, não. Ou sai o cheiro ou saem os empregados.

Reunida na cozinha a criadagem confabulava. Os debates eram apaixonados, mas num ponto todos concordavam: ninguém tinha culpa. A sala estava um brinco; dava até gosto ver. Mas ver, somente, porque o cheiro era de morte.

Então alguém propôs encerar. Quem sabe uma passada de cera no assoalho não iria melhorar a situação?

— Isso mesmo — aprovou a maioria, satisfeita por ter encontrado uma fórmula capaz de combater o mal que ameaçava seu salário.

Pela manhã, ainda ninguém se levantara, e já a copeira e o chofer enceravam sofregamente, a quatro mãos. Quando os patrões desceram para o café, o assoalho brilhava. O cheiro da cera predominava, mas o misterioso odor, que há dias intrigava a todos, persistia, a uma respirada mais forte.

Apenas uma questão de tempo. Com o passar das horas, o cheiro da cera — como era normal — diminuía, enquanto o outro, o misterioso — estranhamente — aumentava. Pouco a pouco reinaria novamente, para desespero geral de empregados e empregadores.

A patroa, enfim, contrariando os seus hábitos, tomou uma atitude: desceu do alto do seu grã-finismo com as armas de que dispunha, e com tal espírito de sacrifício que resolveu gastar os seus perfumes. Quando ela anunciou que derramaria perfume francês no tapete, a arrumadeira comentou com a copeira:

— Madame apelou pra ignorância.

E salpicada que foi, a sala recendeu. A sorte estava lançada. Madame esbanjou suas essências com uma altivez digna de uma rainha a caminho do cadafalso. Seria o prestígio e a experiência de Carven, Patou, Fath, Schiaparelli, Balenciaga, Piguet e outros menores, contra a ignóbil catinga.

Na hora do jantar a alegria era geral. Não restavam dúvidas de que o cheiro enjoativo daquele coquetel de perfumes era impróprio para uma sala de visitas, mas ninguém poderia deixar de concordar que aquele era preferível ao outro, finalmente vencido.

Mas eis que o patrão, a horas mortas, acordou com sede. Levantou-se cauteloso, para não acordar ninguém, e desceu as escadas, rumo à geladeira. Ia ainda a meio caminho quando sentiu que o exército de perfumistas franceses fora derrotado. O barulho que fez daria para acordar um quarteirão, quanto mais os de casa, os pobres moradores daquela casa, despertados violentamente, e que não precisavam perguntar nada para perceberem o que se passava. Bastou respirar.

Hoje pela manhã, finalmente, após buscas desesperadas, uma das empregadas localizou o cheiro. Estava dentro de uma jarra, uma bela jarra, orgulho da família, pois tratava-se de peça raríssima, da dinastia Ming.

Apertada pelo interrogatório paterno, Giselinha confessou-se culpada e, na inocência dos seus três anos, prometeu não fazer mais.

Não fazer mais na jarra, é lógico.

Manchete, 02/10/1954

BARBA, CABELO E BIGODE

A barbearia era na esquina da pracinha, ali naquele bairro pacato. Um recanto onde nunca havia bronca e o panorama era mais monótono que itinerário de elevador. Criancinhas brincando, babás namorando garbosos soldados do fogo em dia que o fogo dava folga, um sorveteiro que, de tão conhecido na zona, vendia pelo credi-picolé, e o português que viera do seu longínquo Além-Tejo para ser gigolô de bode: alugava dois carrinhos puxados por bodes magros, para as criancinhas darem a volta na pracinha.

Quem estava na barbearia esperando a vez para a barba, o cabelo ou o bigode só tinha mesmo aquela paisagem para ver. E ficava vendo, porque seu Luís, o barbeiro, tinha uma freguesia grande e gostava muito de conversar com cada freguês que servia. O cara sentava e seu Luís, enquanto botava o babador no distinto e ia lhe ensaboando a cara, metia o assunto:

— E o nosso Botafogo, hein? Vendeu o Bianquini.

O freguês só gemia, porque freguês de barbeiro não é besta de mexer a boca enquanto o outro fica com a maior navalha esfregando seu rosto. Assim, o diálogo de seu Luís era um estranho diálogo. Trocava o freguês e lá ia ele:

— Como é? Ainda acompanhando aquela novela?

— Hum-hum!

— É uma boa novela. Movimentada, não é?

— Hum-hum!

— Aliás, a história eu já conheço. Fizeram até um filme parecido.

— Hum-hum!

Mesmo conversando muito (mais consigo mesmo do que com os outros), mesmo demorando mais do que o normal para atender a freguesia, seu Luís tinha sempre a barbearia cheia.

Todos esperavam a vez, com paciência e resignação, menos o Armandinho, um vida-mansa que eu vou te contar! Até para fazer a barba tinha preguiça e saía de casa à tardinha, na hora em que a barbearia estava mais cheia, para se barbear. Mas não gostava de esperar — o Armandinho. Vinha, parava na porta e perguntava:

— Quantos tem?

Seu Luís dava uma conferida com o olhar e respondia:

— Tem oito!

Armandinho fazia uma cara contrariada e ia em frente. Se tinha gente esperando, ele não entrava. Voltava mais tarde. Isto era o que pensava seu Luís, até o dia em que o folgado parou na porta e perguntou, como sempre:

— Quantos tem?

Chovia um pouco naquela tarde e a barbearia estava com um movimento fracote. Seu Luís nem precisou conferir, para responder:

— Só tem um!

O Armandinho fez a mesma cara de contrariedade, aliás, fez uma cara mais contrariada do que o normal e, ao invés de ir em frente, como fazia sempre, deu uma marcha à ré que deixou o barbeiro intrigado. Passou o resto do dia pensando naquilo e grande parte da noite também. A mulher dele, que era uma redondinha de olhos verdes, até perguntou:

— Que é que tu tens, Lulu? — mas seu Luís não respondeu.

No dia seguinte, lá estava a pracinha pacata, as criancinhas, babás, sorveteiro, português cafiola de caprino. Tudo igualzinho. A barbearia com seu movimento normal quando passou o Armandinho:

— Quantos tem? — perguntou.

Seu Luís respondeu que tinha doze e o Armandinho foi em frente. O barbeiro terminou a barba do freguês que estava na cadeira e explicou para os que esperavam:

— Vocês vão me dar licença um instantinho. Eu vou até em casa.

Todos sabiam que seu Luís morava logo ali, dobrando a esquina a terceira casa e ninguém disse nada. Seu Luís saiu, entrou em casa devagarinho e puxa vida... que flagra! Felizmente ele não tinha levado a navalha, senão o Armandinho, nos trajes em que se encontrava, tinha perdido até o umbigo. Ou mais. Saiu pela janela como um raio, tropeçando pelas galinhas, no quintal. A mulher de seu Luís berrou e apanhou que não foi vida. Até hoje não se pode dizer de sã consciência o que foi que ela fez mais: se foi apanhar ou gritar.

O que eu sei é que foi um escândalo desgraçado. Acorreram os vizinhos, veio radiopatrulha e até um padre apareceu no local, porque ouviu dizer que alguém precisava de extrema-unção quando, na verdade, o que disseram ao padre foi que seu Luís dera uma estremeção na mulher. O padre era meio surdo.

Agora — passado um tempo — o Armandinho mudou-se, seu Luís continua barbeiro, mas a mulher dele é manicura no mesmo salão, que é pra não haver repeteco.

O AFOGADO

Desde que fora morar naquela água-furtada que costumava colocar alpiste e milho picado no telhado da varanda. Às vezes uma laranja cortada ao meio, ou uma talhada de mamão. Sempre um pouco de água num pote de barro, para os passarinhos que fizera seus, cativos não de gaiolas, mas de seus favores.

Os pardais e rolinhas estavam em grande maioria e seriam absolutos, não fosse a presença de um ou outro tico-tico em trânsito. Estes últimos eram raros no bairro e apareciam esporadicamente. Mesmo assim pudera observar que os tico-ticos não têm essas preferências pelo fubá, como quer o chorinho.

E havia também o casal de sanhaços, assíduos bicadores da talhada de mamão. Deviam ser sanhaços, pois eram azuis e só comiam da fruta, muito alegres e barulhentos, a se beijarem no bico, felizes e ignorantes aos ditados dos homens.

Estava ele, pois, contente de sua varanda, na companhia dos pássaros. Na frente — em primeiro plano — as árvores altas e de folhagem abundante contrastavam com a grande faixa de mar, que era sua graças ao vizinho rico, também ofertante das árvores copadas. Senhor de muitas posses, o vizinho tão cedo não transformaria sua casa em edifício de apartamentos, permitindo ao homem a visão do mar e, justamente, no seu pedaço mais cheio de navios, que naquele horizonte é que os barcos surgiam e desapareciam sob o olhar do homem que, à tarde, fumando na varanda, sonhava com viagens e aventuras.

Mas voltemos aos sanhaços, que é deles esta história. O casal surgira um dia, ninguém sabe de onde. O homem — um pouco orgulhoso de si — achava que fora a talhada de mamão que os aproximara. O fato é que os sanhaços fizeram o seu ninho no alto da mangueira em frente, para satisfação do homem que, da sua varanda, acompanhou a construção, graveto por graveto.

Certa vez, tendo acordado já com o sol a queimar-lhe o rosto, levantou-se e, como fazia todas as manhãs, respirou fundo o ar que vinha do mar e foi olhar o verde das árvores, antes de vestir o calção e descer para a praia. Foi então que viu, na mangueira, um sanhaço que não era o habitual a cortejar a fêmea deitada no ninho. Seu nervosismo aumentou ao perceber que o sanhaço de todos os dias, tal como ele, observava a cena pousado no telhado, à espera talvez da fatia de mamão que já tardava em ser colocada no lugar costumeiro. E o pio sentido, pungente, que o pássaro soltou, ficou ainda ferindo os seus ouvidos, mesmo depois que ele levantou voo em direção ao mar.

O homem ficou olhando o sanhaço voar, num bater de asas violento, porque desesperado, seguindo sempre para os lados do oceano, como a buscar o horizonte longínquo que — sabia o homem — somente os navios venciam. E ali ficou por muito tempo, na esperança de ver regressar aquele que já não estava mais ao alcance dos seus olhos.

No passeio matinal pela areia, no dia seguinte, o homem encontrou, na beira da praia, um pássaro morto. Embora o azul das penas já não brilhasse como antes, embora o seu corpo estivesse inchado — o que é próprio dos afogados —, o homem teve a certeza de que aquele era o "seu" sanhaço. Mesmo enfrentando toda a imensidão do mar, mesmo tendo diante de si a implacabilidade de um céu infinito, o homem não duvidou um minuto sequer da coincidência de ser aquele pássaro morto o mesmo que, na véspera, voara desesperado em direção ao horizonte.

Por isso, ele teve ímpetos de levá-lo para casa, de colocá-lo no telhadinho da varanda, para que a fêmea sofresse o remorso de sua traição. Depois não. Depois pensou melhor e achou que não tinha o direito de fazer aquilo. Olhou para o mar, como a reprovar a sua indiscrição, trazendo para a praia o corpo daquele que confiara na imensidão das águas. Lembrou-se que prometera a si mesmo respeitar a liberdade dos "seus" passarinhos. Quando fora morar na água-furtada, propusera-se a dar-lhes de comer e dar-lhes de beber, somente. Não devia intervir nem na vida e, consequentemente, nem na morte daqueles que aceitavam a sua generosidade.

E assim, enquanto cavava na areia um buraco para enterrar o pássaro morto, arquitetava a única vingança que poderia tomar. Daquele dia em diante — que desculpassem os outros sanhaços do seu bairro — nunca mais colocaria a fatia de mamão no telhadinho da varanda.

Manchete, 13/12/1952

O ANALFABETO E A PROFESSORA

Foi quando abriram a escolinha para alfabetização de adultos, ali no Catumbi, que a Ioná resolveu colaborar. Essas coisas funcionam muito na base da boa vontade, porque alfabetizar adultos nunca preocupou muito o Governo. No Brasil, geralmente, quando o camarada chega a um posto governamental, acha logo que todos os problemas estão resolvidos, sem perceber que — ao ocupar o posto — os problemas que ele resolveu foram os dele e não os do País. Mas isto deixa pra lá.

Eu falava no caso da Ioná. Quando inauguraram o Curso de Alfabetização de Adultos no Catumbi, os beneméritos fundadores andaram catando gente para ensinar, e entre os catados estava um padre, que era muito bonzinho e muito amigo da família da Ioná. O piedoso sacerdote sabia que ela tinha um curso de professora tirado na PUC, e só não professorava porque tinha ficado noiva. Mas depois — isto eu estou contando pra vocês porque todo mundo sabe, portanto não é fofoca não — a Ioná desmanchou o noivado. Ela era uma moça moderna e viu que o casamento não ia dar certo; o noivo era muito quadrado, embora para certas coisas fosse redondíssimo.

Enfim, a Ioná tinha o curso mas não usava pra nada, e aí o padre perguntou se ela não queria ser também professora do Curso de Alfabetização de Adultos do Catumbi. Ela topou a coisa, e as aulas começaram.

No início eram poucos alunos, mas depois houve muito analfabeto interessado, e o curso se tornou bem mais animado. Uns dizem que esse aumento de interesse foi por causa da administração bem-feita, outros — mais realistas, talvez — acharam que o aumento de interesse foi por causa da Ioná, que também era muito bem-feita.

Professora certinha tava ali. Tamanho universal, sempre risonha, corpinho firme, muito afável, e um palmo de rosto que a gente olhando de repente lembrava muito a Cláudia Cardinali. Além disso, ela ensinava mesmo. Seus alunos, para impressioná-la, caprichavam nos estudos, e sua turma tornou-se em pouco tempo a mais adiantada de todas.

Só um aluno era o fim da picada. Sujeito burro e duro de cabeça. Era um rapaz até muito bem apessoado, alto, louro, que trabalhava numa fábrica de tecidos. Chamava-se Rogério, era esforçado, educado, mas não conseguia ler a letra "o" escrita num papel. A turma se adiantando e ele ficando para trás. Ioná tinha pena dele, mas não sabia mais o que fazer, até que uma noite (os cursos eram noturnos) ela fez ver ao Rogério que assim não podia ser, e ele ficou tão triste que a Ioná sentiu pena e perguntou se ele não queria que ela lhe desse umas aulas particulares.

— Seria bom, sim — ele falou. E, então, sempre que terminavam as aulas, aluno e professora seguiam para a casa desta, para repassarem os estudos da noite. Era um caso curioso o desse aluno, que se mostrava tão esperto, tão comunicativo, mas que não conseguia vencer as lições da cartilha. O livro aberto na frente dele e ele sem saber se foi Eva que viu a uva ou se foi vovô que viu o ovo.

Mas, justiça se faça, com as aulas particulares Rogério melhorou um pouquinho. Não o suficiente para acompanhar o adiantamento da turma, mas — pelo menos — já soletrava mais ou menos.

Nesta altura o CAAC — Curso de Alfabetização de Adultos do Catumbi — já progredira a ponto de se tornar uma escola oficializada, e a Ioná estava tão interessada no Rogério que tinha noite até que ele ficava pra dormir.

Quando chegou o dia das provas e iam lá o inspetor de ensino e outras autoridades pedagógicas, Ioná foi informada do evento e ficou nervosíssima. Disse para o seu aluno favorito que era preciso dar um jeito, que ele ia ser a vergonha da turma etc. Ele pegou e falou pra ela que pra decorar era bonzinho e, se ela fosse lendo para ele, decoraria tudo.

Claro que a Ioná não levou muita fé no arranjo, mas como era o único, aceitou. Na noite das provas o Rogério esteve brilhante e parecia mesmo que decorara aquilo tudo. Ela ficou orgulhosíssima e, mais tarde, já em casa, enquanto desabotoava o vestido, perguntou:

— Puxa, como é que você conseguiu decorar aquilo tudo, querido, tendo trabalhado na fábrica o dia inteiro?

— Eu não trabalhei não. Eu telefonei para o meu pai e disse que não ia.

— O quê??? Seu pai é o presidente da fábrica?

— E eu sou o vice.

Ela ficou besta: — Quer dizer que você já sabia ler... escrever...

— Desde os cinco anos, neguinha!

CANÁRIO-BELGA

Já houve um tempo em que fui menino (a gente sempre acha que os outros nunca foram tão meninos quanto nós) e é por isso que afirmo: nessa coisa de criar passarinhos ninguém foi mais menino do que eu. Passava o dia todo perseguindo coleiros, saíras, bicos-de-lacre, canários e até pardais, quando não havia coisa melhor.

Em casa mantinha um viveiro, grande, cheio de passarinhos, os mais variados passarinhos que eu mesmo tratava, perdendo horas e horas a dar alpiste, a mudar a água e quantas providências mais são necessárias em tais operações. Que não se deixasse os canários sem fubá, nem os periquitos sem milho picado, ou os sabiás sem a talhada de laranja.

Depois a mania passou, como passaram as manias da bola de gude, das figurinhas, dos jogos de botão e, mais tarde, das festinhas e das namoradas. Um dia — só Deus sabe por quê — achei que era maldade manter todos aqueles passarinhos presos, e soltei tudo. Abri o viveiro e deixei que saíssem, simplesmente. Fui muito elogiado pela família por causa disso e fiquei muito comovido com a volta de um coleiro, o único que não fez questão de ganhar aquela liberdade que eu, espontaneamente, lhe ofereci.

Deixei-o solitário no viveiro e lá ficou ele, muito contente da vida, a gozar sossegado da sombra, da água fresca e do alpiste seu de cada dia, até que Deus o chamou para o céu dos passarinhos.

Daí para cá, nunca mais tive nenhum bicho sob a minha custódia, a não ser Arquibaldo — cachorro vadio — que mordeu a canela da filha de d. Jandira e foi, por castigo, parar no sítio de um amigo, em Jacarepaguá. Pobre Arquibaldo, foste tu, afinal, que, com a tua dentada, me chamaste a atenção para as pernas da filha de d. Jandira. Hoje, querido Arquibaldo, companheiro de tantas travessuras, hoje que também tu, tal como o coleirinho, já não pertences mais à vida terrena, confesso-te encabulado que a filha de d. Jandira — anos depois — nos perdoou sobejamente.

No setor dos bichos, fiquei por aí. Agora, tanto tempo passado, mandam-me este canário-belga. Antes nunca tivera um canário-belga. E alguém, achando talvez que isso fosse um vazio em minha vida, faz-me presente deste, que aqui está, pulando de um poleiro para o outro, sem ligar a mínima importância ao seu novo dono.

Enviam-me ainda esta carta cheia de erudição sobre canários-belgas. Só comem alpiste e alface — diz a carta. E assim mesmo, alface escolhida, bem novinha e tenra. Gostam de ser cortejados e umas pancadinhas na grade da gaiola, de vez em quando, são motivo de grande alegria. Uma pedrinha lisa amarrada à gaiola também é importante, porque os canários-belgas têm necessidade constante de afiar o bico. Uma vez por mês, pelo menos, deve-se cortar-lhes as unhas. Os canários-belgas — explica o missivista — vivem preocupados com a toalete, a ponto de morrerem quando não são devidamente cuidados.

Fico sabendo também que não voam direito. Acostumados, desde que nascem, a viver em gaiola, jamais poderiam estar em liberdade, mesmo porque, se não houvesse alguém para tratar deles, morreriam de fome, ainda que soltos.

Acabo de tomar conhecimento de todas essas sutilezas e espio para o meu canário. Embora sem qualquer semelhança física, conheço uma porção de gente que se parece com ele, pelo menos na maneira de viver. Será que todos os canários-belgas são assim? Ou este é um caso especial? De qualquer forma, estou desconfiado de que me deram de presente um dos dez canários mais elegantes da Bélgica.

Manchete, 19/02/1955

HISTÓRIA DE UM NOME

No capítulo dos nomes difíceis têm acontecido coisas das mais pitorescas. Ou é um camarada chamado Mimoso, que tem físico de mastodonte, ou é um sujeito fraquinho e insignificante chamado Hércules. Os nomes difíceis, principalmente os nomes tirados de adjetivos condizentes com seus portadores, são raríssimos, e é por isso que minha avó — a paterna — dizia:

— Gente honesta, se for homem deve ser José, se for mulher, deve ser Maria!

É verdade que vovó não tinha nada contra os joões, paulos, mários, odetes e — vá lá — fidélis. A sua implicância era, sobretudo, com nomes inventados, comemorativos de um acontecimento qualquer, como era o caso, muito citado por ela, de uma tal d. Holofotina, batizada no dia em que inauguraram a luz elétrica na rua em que a família morava.

Acrescente-se também que vovó não mantinha relações com pessoas de nomes tirados metade da mãe e metade do pai. Jamais perdoou a um velho amigo seu — o seu Wagner — porque se casara com uma senhora chamada Emília, muito respeitável, aliás, mas que tivera o mau gosto de convencer o marido de batizar o primeiro filho com o nome leguminoso de Wagem — "wag" de Wagner e "em" de Emília. É verdade que a vagem comum, crua ou ensopada, será sempre com "v", enquanto o filho de seu Wagner herdara o "w" do pai. Mas isso não tinha nenhuma importância: a consoante não era um detalhe bastante forte para impedir o risinho gozador de todos aqueles que eram apresentados ao menino Wagem.

Mas deixemos de lado as birras de minha avó — velhinha que Deus tenha, em Sua santa glória — e passemos ao estranho caso da família Veiga, que morava pertinho de nossa casa, em tempos idos.

Seu Veiga, amante de boa leitura e cuja cachaça era colecionar livros, embora colecionasse também filhos, talvez com a mesma paixão, levou sua mania ao extremo de batizar os rebentos com nomes que tivessem relação com livros. Assim, o mais velho chamou-se Prefácio da Veiga; o segundo, Prólogo; o terceiro, Índice e, sucessivamente foram nascendo o Tomo, o Capítulo e, por fim, Epílogo da Veiga, caçula do casal.

Lembro-me bem dos filhos de seu Veiga, todos excelentes rapazes, principalmente o Capítulo, sujeito prendado na confecção de balões e papagaios. Até hoje (é verdade que não tenho me dedicado muito na busca) não encontrei ninguém que fizesse um papagaio tão bem como Capítulo. Nem balões. Tomo era um bom extrema-direita e Prefácio pegou o vício do pai — vivia comprando livros. Era, aliás, o filho querido de seu Veiga, pai extremoso, que não admitia piadas. Não tinha o menor senso de humor. Certa vez ficou mesmo de relações estremecidas com meu pai, por causa de uma brincadeira. Seu Veiga ia passando pela nossa porta, levando a família para o banho de mar. Iam todos armados de barracas de praia, toalhas etc. Papai estava na janela e, ao saudá-lo, fez a graça:

— Vai levar a biblioteca para o banho?

Seu Veiga ficou queimado durante muito tempo.

D. Odete — por alcunha "A Estante" —, mãe dos meninos, sofria o desgosto de ter tantos filhos homens e não ter uma menina "para me fazer companhia" — como costumava dizer. Acreditava, inclusive, que aquilo era castigo de Deus, por causa da ideia do marido de botar aqueles nomes nos garotos. Por isso, fez uma promessa: se ainda tivesse uma menina, havia de chamá-la Maria.

As esperanças já estavam quase perdidas. Epilogozinho já tinha oito anos, quando a vontade de d. Odete tornou-se uma bela realidade, pesando cinco quilos e mamando uma enormidade. Os vizinhos comentaram que seu Veiga não gostou, ainda que se conformasse, com a vinda de mais um herdeiro, só porque já lhe faltavam palavras relacionadas a livros para denominar a criança.

Só meses depois, na hora do batizado, o pai foi informado da antiga promessa. Ficou furioso com a mulher, esbravejou, bufou, mas — bom católico — acabou concordando em parte. E assim, em vez de receber somente o nome suave de Maria, a garotinha foi registrada, no livro da paróquia, após a cerimônia batismal, como Errata Maria da Veiga.

Estava cumprida a promessa de d. Odete, estava de pé a mania de seu Veiga.

Manchete, 04/12/1954

URUBUS E OUTROS BICHOS

O primeiro urubu de exportação negociado pelo Brasil foi para a Holanda. Não sei para que é que os súditos da rainha Juliana queriam um urubu, se o país lá deles é de uma impressionante limpeza. Em todo o caso, como o urubu foi exportado para Amsterdã, limitei-me a dar a notícia. Depois, outros urubus foram exportados para outras tantas capitais europeias. Isto sem contar certos urubus do Itamaraty que — verdade seja dita — não foram exportados propriamente. Atravessaram a fronteira "a serviço", para serem recambiados mais tarde.

Mas deixa isso pra lá. Se volto ao assunto é porque leio aqui um telegrama vindo de São Paulo no qual se conta que há representantes de jardins zoológicos da Alemanha, da Holanda e da Itália nas cidades de Santos, São Paulo e Manaus preparando a compra de diversos urubus.

O fato de haver um representante da Holanda entre os compradores de urubu deixou Bonifácio Ponte Preta (o Patriota) regurgitando de alegria cívica, uma vez que — como ficou dito acima — a Holanda foi a primeira nação a adotar urubu brasileiro.

O detalhe deixou o Boni tão excitado que chegou a recitar de orelhada um poema de Fagundes Varela que começa assim: "Pátria querida, Pátria gloriosa!/ Continua fitando os horizontes...". E depois, olhos marejados de patriotismo, acrescentou:

— Se a Holanda quer mais urubu é porque o nosso urubu está agradando na Europa.

Só não disse que a Europa curvou-se mais uma vez ante o Brasil, porque Bonifácio não é acaciano. É patriota.

Entretanto, se esse detalhe do telegrama impressionou o Boni, a mim o detalhe do mesmo telegrama que mais impressionou foi o final, onde se lê: "Os europeus querem também comprar animais embalsamados".

Acho que este negócio também é interessante para nós, mas os europeus vão desculpar: terão que esperar um pouco para adquirir animais embalsamados. Por um dever democrático é preciso que antes eles cumpram os seus respectivos mandatos no Senado.

O HÓSPEDE

Não sou um homem de mudanças. Mudei-me duas vezes apenas, em toda a minha vida. No entanto, ou talvez por causa disso, sei bem o que significa para a felicidade de cada um a comunhão do homem com seus bens e costumes, suas manias e hábitos. Assim como uma família não é composta somente de primos e primas, tios e tias, avôs e avós, irmãos, adidos e afins, assim também uma casa não é somente seus cômodos e dependências, seu terreno e seus jardins.

Foi um estudante pobre, há alguns anos, que me fez sentir isso. Foi um colega pobre que morava numa pensão do Catete e que um dia, num rasgo de condescendência consigo mesmo, entrou no café e — para inveja dos que tomavam a clássica média com pão e manteiga — berrou para o garçom:

— Chico, me traz um prato de empadas!

Sentou-se à minha mesa e explicou que era dia de empadas lá na sua casa do interior fluminense. Dia de festa de Nossa Senhora da Glória — esclareceu — quando a preta velha Idalina vinha para a procissão e ficava hospedada no quarto dos fundos. Todos sabiam que no almoço haveria empada, porque Idalina era campeã mundial de empadas, as melhores e mais macias do universo.

Por isso — mesmo sabendo que iria transtornar seu orçamento — desprezara a média com pão e manteiga de todos os dias e de todos os estudantes pobres e pedira um prato de empadas. Pura homenagem.

Senti que as empadas não lhe faziam bem. Não o mal que costumam causar as empadas, mas outro que uma palavra apenas explica — saudade. Ele, havia três anos, morava numa pensão do Catete, vendo a família de raro em raro, dormindo uma vez por ano em sua própria cama, por um instante deixara-se abater no seu ânimo de estudante pobre que vem se diplomar na capital.

Foi depois, muito depois do convite que lhe fiz para jantar comigo, que me explicou o quanto depende a felicidade de um homem da preservação de seus costumes. Jamais entenderia aqueles que voluntariamente se afastam da sua terra e da sua gente.

Nossa gente, nossa casa são mais do que aparentam em patrimônio e sentimentos — esclareceu. O irmão distante é mais nosso irmão e dói mais na gente; uma família é mais do que um grupo de parentes e o natural carinho que uns têm pelos outros. É um jeito de olhar, de falar e até mesmo de brigar. O gosto da comida e a conversa na mesa, a alegria comum nas grandes datas e o conforto da solidariedade nas incontornáveis tristezas.

A felicidade — disse-me aquele rapaz que vivia numa pensão do Catete — é isto: esta toalha da *sua* mesa, este pão que tem sempre o mesmo gosto, o perfume do sabonete, determinado canto da casa onde, à tarde, uma brisa fresca conforta do calor, o cheiro dos lençóis, os sons costumeiros — o piano da irmã, o barulho das crianças lá fora, o bater de um velho relógio.

— Tende piedade dos que moram em pensão — disse-me então aquele rapaz que foi meu colega e cujo nome já nem me lembro. — Tende piedade deles, que deles um dia será o reino dos céus.

Manchete, 05/11/1955

MEDIDAS, NO ESPAÇO E NO TEMPO

A medida, no espaço e no tempo, varia de acordo com as circunstâncias. E nisso vai o temperamento de cada um, o ofício, o ambiente em que vive. Os ambiciosos, de longa data, vêm medindo tudo na base do dinheiro, pouco se importando com a existência do relógio, do sistema métrico e do calendário. Mas não é precisamente a esses que quero me referir, mas aos outros, que medem de maneira mais prática e mais de acordo com os seus interesses, usando como padrão de medida as mais variadas coisas. Nossa falecida avó media na base do novelo. Pobre que era, aceitava encomendas de crochê e disso tirava o seu sustento. Muitas vezes ouvimo-la dizer:

— Hoje estou um pouco cansada. Só vou trabalhar três novelos.

Nós todos sabíamos que ela levava uma média de duas horas para tecer cada um dos rolos de lã. Por isso, ninguém estranhava quando dizia que queria jantar dali a meio novelo. Era só fazer a conversão em horas e botar a comida na mesa sessenta minutos depois.

Também os poetas têm se servido dessas estranhas medidas para as suas imagens e eu já li, certa vez, não me lembro quando nem em que poema, uma referência aos lenços que certa moça teria chorado pelo mais puro dos sentimentos — a saudade.

"Fulana chorou muitos lenços", dizia o verso, e eu achei isso muito lindo. Muito mais lindo, por exemplo, do que fulana "debulhada em lágrimas", expressão vulgar, autêntico lugar-comum das imagens literárias.

Os índios, por sua vez, marcavam o tempo pela lua. Isso é ponto pacífico, embora, há alguns anos, por distração, eu assistisse a um desses terríveis filmes de Carnaval do Oscarito, em que apareciam diversos índios, alguns dos quais com relógio de pulso. Isso aconteceu porque eram índios de fita brasileira. O cinema americano seria incapaz de dar uma mancada dessas. Lá, eles são muito organizados nessa coisa de "cor local". Fazem questão de dar um máximo de autenticidade às suas histórias. Por isso, pegam um camarada qualquer, despem-no e pintam com iodo. Depois botam uma peninha na sua cabeça e fazem o "artista" ir para a frente da câmara e dizer:

— Nós daqui duas luas, atacar caravana homens cara-pálida.

E pronto, está feito mais um emocionante filme sobre a colonização dos Estados Unidos.

Sim, os índios medem o tempo pelas luas, os ricos medem o valor dos semelhantes pelo dinheiro, vovó media as horas pelos seus novelos e todos nós, em maior ou menor escala, medimos distâncias e dias com aquilo que melhor nos convier.

Agora mesmo houve qualquer coisa com a Light e a luz faltou. Para a maioria, a escuridão durou duas horas; para Raul, não. Ele, que se prepara para um exame, tem que aproveitar todas as horas de folga para estudar. E acaba de vir lá de dentro, com os olhos vermelhos do esforço, a reclamar:

— Puxa! Estudei uma vela inteirinha.

E assim vamos todos nós. Tenho um irmão que passou uns tempos na Europa e de lá mandou uma carta onde informava: "Creio que passarei ainda uns vinte contos aqui".

Comigo mesmo aconteceu recorrer a tais medidas, que quase sempre medem melhor ou, pelo menos, dão uma ideia mais aproximada daquilo que queremos dizer. Foi noutro dia quando certa senhora, outrora tão linda e hoje tão gorda, me deu um prolongado olhar de convite ao pecado. Fingi não perceber, mas pensei: "Há uns quinze quilos atrás, eu teria me perdido."

Manchete, 12/02/1955

ÉRAMOS MAIS UNIDOS
AOS DOMINGOS

As senhoras chegavam primeiro porque vinham diretas da missa para o café da manhã. Assim era que, mal davam as dez, se tanto, vinham chegando de conversa, abancando-se na grande mesa do caramanchão. Naquele tempo pecava-se menos, mas nem por isso elas se descuidavam. Iam em jejum para a missa, confessavam lá os seus pequeninos pecados, comungavam e depois vinham para o café. Daí chegarem mais cedo.

Os homens, sempre mais dispostos ao pecado, já não se cuidavam tanto. Ou antes, cuidavam mais do corpo do que da alma. Iam para a praia, para o banho de sol, os mergulhos, o jogo de bola. Só chegavam mesmo — e invariavelmente atrasados — na hora do almoço. Vinham ainda úmidos do mar e passavam a correr pelo lado da casa, rumo ao grande banheiro dos fundos, para lavar o sal, refrescarem-se no chuveiro frio, excelente chuveiro, que só começou a negar água do prefeito Henrique Dodsworth pra cá.

O casarão, aí por volta das duas horas, estava apinhado. Primos, primas, tios, tias, tias-avós e netos, pais e filhos, todos na expectativa, aguardando aquela que seria mais uma obra-mestra da lustrosa negra Eulália. Os homens beliscavam pinga, as mulheres falando, contando casos, sempre com muito assunto. Quem as ouvisse não diria que estiveram juntas no domingo anterior, nem imaginaria que estariam juntas no domingo seguinte. As moças, geralmente, na varanda da frente, cochichando bobagens. Os rapazes no jardim, se mostrando. E a meninada, mais afoita, rondando a cozinha, a roubar pastéis, se fosse o caso de domingo de pastéis. De repente aquilo que vovô chamava de "ouviram do Ipiranga as margens plácidas". Era o grito de Eulália, que passava da copa para o caramanchão, sobraçando uma fumegante tigela, primeiro e único aviso de que o almoço estava servido. E então todos se misturavam para distribuição de lugares, ocasião em que pais repreendiam filhos, primos obsequiavam primas e o barulho crescia com o arrastar de cadeiras, só terminando com o início da farta distribuição de calorias.

Impossível descrever os pratos nascidos da imaginação da gorda e simpática negra Eulália. Hoje faltam-me palavras, mas naquele tempo nunca me faltou apetite. Nem a mim nem a ninguém na mesa, onde todos comiam a conversar em altas vozes, regando o repasto com cerveja e guaraná, distribuídos por ordem de idade. Havia sempre um adulto que preferia guaraná, havia sempre uma criança teimando em tomar cerveja. Um olhar repreensivo do pai e aderia logo ao refresco, esquecido da vontade. Mauricinho não conversava, mas em compensação comia mais do que os outros.

Moças e rapazes muitas vezes dispensavam a sobremesa, na ânsia de não chegarem atrasados na sessão dos cinemas, que eram dois e, tal como no poema de Drummond, deixavam sempre dúvidas na escolha.

A tarde descia mais calma sobre nossas cabeças, naqueles longos domingos de Copacabana. O mormaço da varanda envolvia tudo, entrava pela sala onde alguns ouviam o futebol pelo rádio, um futebol mais disputado, porque amador, irradiado por locutores menos frenéticos. Lá nos fundos os bem-aventurados dormiam em redes. Era grande a família e poucas as redes, daí o revezamento tácito de todos os domingos, que ninguém ousava infringir.

E quando já era de noitinha, quando o último rapaz deixava sua namorada no portão de casa e vinha chegando de volta, então começavam as despedidas no jardim, com promessas de encontros durante a semana, coisa que poucas vezes acontecia porque era nos domingos que nos reuníamos.

Depois, quando éramos só nós — os de casa — a negra Eulália entrava mais uma vez em cena, com bolinhos, leite, biscoitos e café. Todos fazíamos aquele lanche, antes de ir dormir. Aliás, todos não. Mauricinho sempre arranjava um jeito de jantar o que sobrara do almoço.

Manchete, 18/08/1956

O CAFEZINHO DO CANIBAL

Deixa eu ver se dá pra resumir. Foi o seguinte: o avião ia indo fagueiro por sobre a densa selva africana. Dentro dele vários passageiros, inclusive, e muito principalmente, uma lourinha dessas carnudinhas, mas nem por isso menos enxutas, uma dessas assim que puxa vida... Foi aí que o avião deu um estalo, começou a sair aquela fumaça preta e pronto: num instante estava o avião todo arrebentado no chão, com os passageiros todos mortos.

Aliás, minto... todos não; a lourinha era a única sobrevivente do desastre. Tanto assim que os canibais, quando chegaram ao local do acidente, só encontraram ela, que foi logo aprisionada para o *menu* do chefe da tribo. Canibal é canibal, mas a loura era tão espetacular que a turma viu logo que ela era coisa muito fina e digna apenas do paladar do maioral.

Levaram a loura para a maloca deles e entregaram na cozinha, onde um ajudante de cozinheiro já ia prepará-la para o jantar, quando chegou o cozinheiro-chefe e examinou a loura. Ela era muito da bonitinha, tudo certinho, tudo tamanho universal, aquelas pernas muito bem-feitinhas, aquilo tudo assim do melhor.

Então o experimentado cozinheiro disse para o ajudante:

— Não sirva isto no jantar do chefe não. Deixa pro café da manhã porque o chefe gosta de tomar café na cama.

CASTIGO

Quando abri os olhos, d. Margarida estava ali, parada, olhando para mim. Depois, botou as mãos na cintura, num gesto muito seu, e gritou:

— Vamos, menino, está na hora, entre. Você atrasado, como sempre.

Quis explicar que não havia onde entrar, que sua casa — o grupo escolar — não existia mais. Quis pedir-lhe para ir embora e quase levantei o dedo, como antigamente, para conseguir a devida permissão.

Antes, porém, que eu esboçasse qualquer reação, d. Margarida agarrou-me pelo braço, abriu o portão, atravessou o jardim e entramos na casa.

O fato de a casa voltar a existir não me impressionava tanto, muito pior era a presença de d. Margarida, a pressão de seus dedos no meu braço, sua voz estridente como sempre fora e não cavernosa e baixa, como assentaria melhor numa pessoa morta há mais de vinte anos.

Quando chegamos à sala de aulas, meus antigos colegas calaram-se, em sinal de respeito à professora. Olhei em volta, olhei o rosto de um por um e não reconheci ninguém, salvo os gêmeos, incrivelmente parecidos e calados. O lugar vago entre os dois — lembrava-me bem — era o meu e para lá me dirigi, colocando os livros e a merenda sob a carteira; livros que não sei como vieram parar nas minhas mãos; a merenda que, fazia votos, não fosse o pão com goiabada que eu tanto abominava.

D. Margarida abriu um livro, anunciou o número da página e mandou que eu iniciasse a leitura. E eu, que me esforcei o máximo para não gaguejar, li como nos tempos em que era aluno de d. Margarida.

Agora era a aula de história. A professora queria saber o nome do presidente. Rápido levantei o dedo. Ela fingiu não perceber, mas como ninguém respondesse, foi obrigada a me interrogar:

— Getúlio Vargas! — disse bem alto, com ar de vitória.

Todos riram. Todos menos d. Margarida, que me olhou enfezada e falou:

— Onde foi que você ouviu isso, menino? Getúlio Vargas é ministro da Fazenda. O presidente é Washington Luís.

Que adiantava dizer a d. Margarida que o tempo passara, que ela e muitos daqueles meninos já tinham morrido, com exceção dos gêmeos, que cresceram sempre iguais e, de comum acordo, tinham se tornado mais feios e mais tristes?

Limitei-me a sorrir e a mestra, tomando-me por debochado, deu-me o castigo habitual naquele colégio, que era obrigar os meninos levados a sentarem-se ao lado das meninas.

— Vá sentar-se com a Deolinda — ordenou.

Virei-me para o lado e reconheci a antiga colega.

Lá estava ela, gordinha e rosada, a olhar para mim com seus olhinhos espantados, de jabuticaba.

— Não — implorei. — Com a Deolinda não, d. Margarida. A Deolinda está morta. Foi atropelada. A senhora não se lembra, d. Margarida? Pois se fomos todos ao enterro. Levamos uma coroa e a senhora beijou a testa dela, antes de fecharem o caixão. Eu fiquei muito impressionado, não se lembra?

"Faltei à aula uma semana. Eu gostava muito da Deolinda. Se fui um menino levado, d. Margarida, foi justamente para que a senhora me mandasse sentar ao lado dela. Mas agora não. Agora ela morreu. Foi atropelada."

Deolinda começou a chorar baixinho e d. Margarida, ao vê-la assim, ficou como possessa:

— Veja o que você fez, seu idiota. Sempre com essa mania de inventar histórias. Veja só a maldade. Mas desta vez você não me escapa. Desta vez você sofrerá o castigo que merece. Nós vamos voltar para lá, está ouvindo? — e apontou para cima. — Nós vamos voltar todos e só você vai ficar aqui e terá que viver o resto da vida inventando histórias até o dia da morte, quando poderá voltar ao grupo escolar.

E, pouco a pouco, todos foram desaparecendo. D. Margarida, Deolinda, os outros. Todos. Menos os gêmeos, que continuavam calados e tristes. E, quando não havia mais ninguém, os dois se levantaram e saíram sem dizer uma palavra.

Mas que importavam os gêmeos, eles sempre foram assim: neutros. Nem mortos, nem vivos. Desci as escadas, atravessei o jardim e vim cá pra fora.

Vim cumprir o castigo, vim inventar minhas histórias até o dia em que d. Margarida compreenda que cumpri minha obrigação.

Então sim, então poderei voltar feliz para o grupo escolar!

Tribuna da Imprensa, 16/12/1954

UMA MULHER QUE PASSOU

Era uma mulher. Uma dessas mulheres de começo de verão, que passam num vestido justo, de cores vivas, sapato alto aberto em tiras e os cabelos soltos. Fiquei a admirar-lhe o passo despreocupado, o leve mexer dos quadris, em nada exagerado. Súbito me comoveu. Por que não sei. Mas há de ser sempre assim. Algumas mulheres nos surpreendem, muitas nos encantam e poucas — entre tantas — nos comovem.

De algumas mulheres ficam lembranças. Lembranças vagas, muitas vezes insuspeitadas e que não são necessariamente da mulher que mais amamos ou de outra por quem nos apaixonamos perdidamente — digamos — por uma semana. Nada existe de lógico nisso e muito menos de justo, porque ao homem não é dado nenhum poder sobre a memória, nem tampouco qualquer controle sobre suas sutilezas.

Assim estamos redimidos perante a própria consciência. Não somos culpados de que nada, particularmente, nos faça recordar aquela a quem dedicamos um carinho maior e do qual nos orgulhamos; enquanto que outra, para a qual fomos menos afetivos, ficou para sempre num perfume, num som ou numa paisagem.

Para aquela namorada — furiosamente namorada em Teresópolis — ficou um apito de trem. A manhã fria da serra, quando atravessei a pracinha rumo à estação, para uma despedida que sabia definitiva, poderia ter ficado para identificá-la na memória. Mas o que ficou foi o apito do trem, quando lentamente o comboio pôs-se em movimento e ela disfarçou as lágrimas com um sorriso triste. Sei disso porque — tantos anos depois! — estava passeando a cavalo pelos campos da fazenda quando um apito de trem me chamou a atenção. Vinha sozinho e alegre, todo voltado para a quietude e a beleza das paineiras, mas bastou que o trem apitasse lá longe, do outro lado do rio, para que no meu pensamento ela se fizesse tão nítida e tão fresca. Era como se ainda na véspera nós estivéssemos sentados juntos, na amurada da varanda, a dizer-nos coisas que depois não cumpriríamos. Foi aí que percebi: para sempre a sua lembrança estaria ligada ao apito distante de um trem. Onde quer que eu esteja, daqui a muitos anos, mesmo que ela já não exista mais, voltará a viver no meu pensamento, com a nitidez que o tempo não vencerá.

São coisas. E são inexplicáveis. Como a mulher que passou e súbito me comoveu. E a quem interessa uma resposta, quando lhe basta a sinceridade da emoção? Lá vai a moça balançando os cabelos cortados na altura da nuca, a cada passo. Vai inteiramente inocente dos sentimentos que provocou. Não teria nenhum sentido seguir ao seu lado e comunicar minha surpresa. Não teria sentido, nem seria correto. Ela não tem culpa nenhuma.

Penso que se eu pudesse ser sempre assim, ponderado nas atitudes, doíam menos em mim as pequenas lembranças de que falei. Tudo pesado e bem medido, pouca esperança havia de que dela não ficasse alguma coisa na memória, para doer muito tempo depois, quando já mais nada houvesse da emoção de hoje.

Foi bom que ela sumisse na esquina e eu a deixasse ir sem um gesto, uma tentativa de — pelo menos — fazer-lhe sentir o bem que me fez vê-la passar. Foi bom ou então eu estou ficando velho.

Manchete, 22/12/1956

O HOMEM QUE SE PARECIA COM O PRESIDENTE

Enquanto o outro — o verdadeiro — era apenas um deputado mineiro a flanar na capital, quase desconhecido, ninguém notou semelhança alguma. Depois, quando Minas elegeu seu sósia governador do estado e os jornais do Rio passaram a publicar, vez por outra, fotografias de solenidades oficiais no Palácio da Liberdade, a coisa começou.

Um dia, entrou num ônibus e, sem mais aquela, um camarada levantou-se e deu-lhe o lugar. Ficou sem entender por um instante. Depois, ante o espalhafato do que fizera a gentileza, todos começaram a olhá-lo e ele, que já de há muito se orgulhava da semelhança, percebeu que o confundiam.

"Gente idiota", pensou. "Então não veem logo que o governador de Minas não iria andar assim num Mauá-Brás de Pina sem mais nem menos?"

Mas ficara-lhe a impressão. Era de fato muito parecido: o nariz, a testa longa, aqueles olhos apertadinhos de quem olha no mormaço, o riso franco e aberto. O cabelo não. O cabelo do outro era cortado mais curto. E sentiu-se um pouco culpado naquela tarde, quando entrou numa barbearia e pediu que lhe aparassem mais prodigamente a cabeleira. Quando o barbeiro acabou a operação, tomou um susto, mas sorriu o sorriso do outro — que andara a estudar no banheiro — e deu uma gorjeta quase de governador.

No princípio chegou a temer a semelhança. Políticos — dizia-se — andam sempre protegidos contra inimigos e ele, de seu, tinha somente aquele canivete que usava na repartição para fazer ponta em lápis. Aos poucos, porém, foi se acostumando. Não era tão perigoso assim. Até pelo contrário, no caminho em que as coisas iam, tinha as suas vantagens. Foi da maneira mais fleumática possível que ouviu do garçom, num bar elegante de Copacabana, a notícia de que a gerência não só não cobrava a sua despesa como também se sentia muito honrada com a presença de sua excelência na casa.

Sua excelência era ele e isso requeria mudanças radicais nos seus hábitos. Deixou a repartição porque os colegas, numa jocosidade que classificara de imprópria, apelidaram-no de Juju. Ademais, nem ficava bem continuar naquele empreguinho no momento em que — os jornais é que afirmavam — cogitava-se a "sua" candidatura à presidência da República.

Se as coisas no setor político iam bem, o mesmo não acontecia no setor doméstico. Sem emprego, frequentando lugares condizentes com a posição do outro, talvez para ser confundido mais amiúde, usando roupas mais bem talhadas, gastando, enfim, como se fosse o outro e não ele próprio, desbastou as economias e passou a preocupar a família.

Conselhos pouco adiantavam e nem chegavam a irritá-lo. Respondia apenas que, se estivessem contra ele, que votassem no Ademar. E sorria o sorriso de campanha do outro, apertando os olhos, sob a testa larga. A família, como é natural, preocupava-se a cada notícia. O pai recriminara-o com severidade no dia em que se soube da sua passagem com certo deputado mineiro à porta do Jóquei. O parlamentar lamentara-se com ele de uma injustiça que sofrera dentro do partido, pedindo que intercedesse em seu favor:

— Vou dar um duro no Alkmin — respondeu, do alto de sua dignidade de candidato eleito.

Sim, porque já estava eleito. De nada adiantaram as ponderações da família, explicando que ele não estava eleito coisa nenhuma, que o candidato era o outro, que isso, que aquilo. A todo e qualquer argumento respondia sempre da mesma maneira: que estavam todos em casa servindo ao golpe.

Foi agora, no último dia 31, que a família resolveu tomar medidas drásticas, levando-o à força para uma casa de saúde especializada em doentes nervosos. Não havia outro jeito, depois do caso do fraque.

No dia 31 de janeiro, pela manhã, bateram na porta. A empregada abriu e o entregador da alfaiataria passou-lhe um embrulho pedindo recibo. Abriu-se o embrulho e era um fraque. Pressurosos, os de casa explicaram ao entregador que devia ser engano, ali ninguém usava fraque. Nesse justo momento, porém, ele desceu as escadas gritando que não era engano coisa nenhuma, que o fraque era dele. E como perguntassem pra que diabo queria um fraque, respondeu com desdém:

— Para a minha posse logo mais, é claro!

Manchete, 18/02/1956

UMA CARTA

Achei-a dentro de um livro que não abria há muito tempo. Lembro-me perfeitamente por que estava ali. Foi um livro que li aos arrancos — duas páginas hoje, quatro amanhã, uma, somente, depois — de tão desinteressante que era; e a carta servira para marcar o lugar onde eu parava a leitura.

De ordinário não guardo cartas, nem fotografias, para evitar a melancolia das recordações. Que não há nada mais melancólico do que retrato antigo, quando éramos mais lépidos em nossos movimentos, fulana mais bela de quadris, este tinha mais cabelo e aquele os seus dentes. Cartas também costumam ter esse poder de nos tornar melancólicos, principalmente quando escritas por namoradas. E a moça que subscritava esta, senhores, não era outra coisa do vosso cronista.

Mas o envelope estava ali e não havia como fugir. O jeito era mesmo abri-lo para lembrar o que ela mandara dizer, tantos anos antes.

Começava, é claro, pela data e entrava logo no clássico pedido de desculpas por não ter escrito antes. O motivo alegado era a dificuldade em conseguir hotel, o que, felizmente, já não era problema porque estava "num bem bonzinho e muito central".

Explicava, depois, o trabalho que estava tendo para comprar todas as encomendas — não minhas, mas dos parentes — que eram muitas e iriam "enguiçar" na Alfândega. Passava a uma rápida descrição de Nova York "com edifícios que até dão medo"; dizia que a viagem tinha sido razoável e que quase esquecera o passaporte e o batom no aeroporto de Port of Spain.

Parei a leitura e fiquei alguns segundos recordando o dia em que ela partira. Fazia um calor danado e nós tomamos uma cerveja mal gelada, antes do alto-falante berrar o seu nome.

Na outra página ela ainda contava coisas da cidade imensa, antes de entrar no nosso caso. Aí então explicava o verdadeiro motivo daquela viagem e frisava que, por carta, era mais fácil contar-me a sua decisão. Não pensasse, porém, que não meditara muito, antes de escrever. Diversas vezes chegara a desistir, mas agora, ouvindo a voz da razão, vinha expor-me tudo, "porque era preciso acabar com aquilo". E não só com aquilo — ficava eu sabendo pelas linhas consequentes — mas com "tudo".

Se há cinco anos aquela decisão chegara a me impressionar, o mesmo não acontecia agora. Nem mesmo aquele "seja feliz e adeus", com que ela terminava a carta, produziu o efeito que era justo esperar-se.

Limitei-me a amarrotar o papel e jogá-lo na cesta. E se os leitores pensam que sou um homem frio aos amores passados, estão redondamente enganados. É que esta história termina muito bem, como nos filmes americanos, pois casei-me com a moça da carta, já vai pra algum tempo.

Manchete, 06/02/1954

SOBRE O AUTOR

SÉRGIO MARCUS RANGEL PORTO nasceu no Rio de Janeiro, em 1923, e morreu na mesma cidade, em 1968. Foi cronista, radialista, homem de TV e compositor. Escreveu para jornais e revistas — como *Tribuna da Imprensa, Manchete, Última Hora* e *Diário Carioca* —, em que era acompanhado e celebrado por leitores de todas as idades. Incansável, estava sempre batucando seus textos na máquina de escrever. Além disso, foi um dos personagens mais cativantes da cultura brasileira entre as décadas de 1950 e 1960. Hoje, é celebrado como um dos nossos clássicos da crônica.

Conhecido nacionalmente por meio do pseudônimo Stanislaw Ponte Preta, o autor publicou coletâneas de crônicas, textos sobre futebol, além de *Febeapá*, um conjunto de textos que, publicados em plena ditadura, satirizavam os despautérios de nossos poderosos. Publicou, entre outros livros, *Tia Zulmira e eu, Garoto linha dura, A casa demolida, Gol de padre, As cariocas.*

ESTA OBRA FOI COMPOSTA POR ACOMTE EM
BERLING E IMPRESSA PELA RR DONNELLEY EM OFSETE SOBRE
PAPEL PÓLEN SOFT DA SUZANO PAPEL E CELULOSE PARA A
EDITORA SCHWARCZ EM AGOSTO DE 2015

A marca FSC® é a garantia de que a madeira utilizada na fabricação do papel deste livro provém de florestas que foram gerenciadas de maneira ambientalmente correta, socialmente justa e economicamente viável, além de outras fontes de origem controlada.